中国少数民族文学发展工程

翻译出版扶持专项（民译汉）

故乡的黑土

【著】合尔巴克·努尔阿肯（哈萨克族）

【译】库拉西汉·木哈买提汉（哈萨克族）

作家出版社

编委会名单

主　任：阎晶明　　邱华栋

副主任：彭学明（土家族）

编　委：包吾尔江（哈萨克族）　包宏烈　　孙文赫（朝鲜族）

狄力木拉提（维吾尔族）　张春植（朝鲜族）

哈　森（蒙古族）　梅　卓（藏族）　普日科（藏族）

满　全（蒙古族）　陈　涛　杨玉梅（侗族）

郑　函（满族）

目 录

❧

残疾人

他的头肿得像个大铁锅，太阳穴阵痛得要命。快到晌午的时候，他才好不容易起了床，舀起一大勺凉水咕咚咕咚喝完之后才感觉好了一点儿。但是脑瓜子像要爆炸似的抬不起来。"哟！如果有一口回酒该多好啊！"他嘟囔着从屋里搜起来，眼睛落在他阿帕挂在墙上的马甲上，他眼前一亮，抓起马甲赶紧掏兜儿，运气不错，马甲兜儿里掏出了阿帕留着买茶叶的五元钱。他像一只猫一样悄悄溜出屋子，向老王的商店走去。这次，他发誓"这是自己这辈子喝的最后一杯酒"。于是咽下两杯酒后，他立刻走出商店。为了舒展舒展身体，他向河边的森林走去。两杯回酒一下肚，他走路很轻盈，但过后身体微微发汗，神经兴奋起来，心上人艾纳西的影子在脑海里逐渐扩大起来。他思绪万千，一丝悲伤涌上心头，步子变得很沉重。他感觉这世界无法容纳自己，庞大地球表面的空气似乎不够他呼吸，几乎要窒息了。他叹声连连，机械地向前走着。

那时候，因为家境不好，特列克初中毕业之后没能再继续上学。后来，在党的关怀下，他在阿吾勒（村庄）的水泥厂上了班。腼腆的小伙子满腔热情地投入工作，很快得到了大家的好评，多次在乡上、县上被评为"模范青年""优秀工作者",并在报刊、广播上报道,大力宣传了他的工作精神,就这样他凭借自己勤奋的劳动得到了广大人民的肯定。然而,不到半年时间,他便开始走下坡,对工作的热情消退,变得很懒散,甚至出现闹事、旷工等现象,渐渐地成了酒鬼,每周他都会受到批评,每个月他的工资都会被扣,还引起了警察的关注。对于别人的劝告,他只当耳边风,只有艾纳西的美貌萦绕在他心里,甚至让他神魂颠倒。出乎意料从手里飞走的初恋之鸟,把这位执着的小伙子推进了黑暗的深渊。失恋,使他无法思量前后,听不进任何劝告,最终,他被开除。

他心中的伤痛好像被猫抓似的,那一刻,让他后悔的事涌上心头:

那天,这条河水静静地流淌着,柳丝低垂,婀娜多姿,它像是对镜梳妆的少女,细柳底下,两人暧昧过后,艾纳西沮丧地对他说:"特列克,"忧郁的脸上有几分遗憾的表情,"你不要再找我了,去寻找真正属于你的另一半吧!这是我们幸福时刻的开头,也算是结尾啦!"

特列克惊讶地问:"你说什么?"

艾纳西说:"我说咱们好自为之吧,你别生气,原谅我!"

"你这简直是在欺辱我!"特列克勃然变色地说,"我无法承受你对我的这种玩弄。如果你真要离开我的话,我决不会轻易放过你的,我会在你的身体留下我们爱情永恒的痕迹!"

"这不是欺辱!"艾纳西抬起头看了一眼特列克铁青的脸,又低下了头。

三天之后,他们又来到老地方。天已经黑了,没有月亮,他们坐在河水边的枫树底下。一时间,他们沉默不语,只是忧郁地唉声叹气。还是艾纳西打开了话匣子:"特列克,"她用颤抖而沙哑的声音说,"这一生中,你是我最亲爱的人。可惜我无能为力,我无法做主自己的命运。我像一条被鲨鱼吞噬的小鱼,我父亲早已经给我定了亲。"她把头伏在特列克的胸口，哽咽着哭起来。

特列克愣住了，不知道这事儿是真是假，心里像翻滚巨浪的大海，深深地哀叹起来。

"这可能吗？"一时发呆的特列克说，"有法律保护我们，我们还怕什么？只要咱俩坚持，他们会把我们怎么样呢？"

艾纳西惊愕地弹着舌头说："明知前面是火海，非要往里跳下去，是傻瓜的作为。你说'有法律保护我们'，可法律执行者不保护我们，我们又能怎样呢？你知道吗？提亲的人是我父亲要好的朋友，他也是县法院庭长。听说，他的那个煞星儿子是个单眼瞎子。你是知道的，当年，是我父亲给你安排了工作，现在虽然退了休，但是根还连着呢，没有他不认识的人，我怎么会给这样有威望的父亲丢脸呢？我可以不顾这些，但是我怕会给你招来麻烦。我反抗过，但是父亲的态度很严厉，他会想办法惩罚你的。我们到此为止吧！我知道，他们不会放过你的。"她恳求道。

特列克听到艾纳西的这番话，回想起两天前，有两名警察来过水泥厂，其中一个是厂长的外孙。他想："他该不会是跟踪我，找麻烦的吧！"

"那我们该怎么办？"左右为难的他沙哑着喉咙说道。孤独、恐惧、冤枉萦绕在心间。"除了分手，别无选择！"艾纳西勇敢地作出回答。"要不是为了你母亲，即便坐牢也要紧紧抓住你的手。但是，有什么办法呢？老天爷都不会原谅一个为了自己的幸福，牺牲母亲的人。"她犹豫了一会儿说，"今天，我好不容易找空来和你告别。我明天就要走了。父亲从县地毯厂给我找了份工作。"

特列克感到无奈，他说："和你分手，我不成为玛吉弄，还能怎样呢？"

他悲痛地哭了很长时间。

一块木墩绊了一下脚，他惊醒过来朝前一看，看到一对恋人正在树林里热烈接吻，特列克呆若木鸡地望着他们：

姑娘把洁白的胳膊搭在男人脖颈上，她微微踮起脚跟，疯狂地吸吮着男人的嘴唇。男人紧紧搂住姑娘纤细的腰，抵不住心中的欲火，疯狂地与姑娘接吻。这对恋人已经忘记了人间烟火，沉醉在浪漫的爱河里。

这片隐蔽而幽静的森林里，除了这对如胶似漆的恋人之外，再没有其他人。曾经，艾纳西和特列克也像这对恋人一样沉浸在甜蜜的爱情里。然而，现在呢？特列克满怀悲痛，转过身去向前奔跑……泪水从他眼眶迸出，刚才喝的两杯"回酒"正好上了头。这是为什么呢？要去哪里呢？他自己也不知道。他跑到交叉路口才停了下来，伸展腿脚站了一会儿，转身向自己熟悉的老王的商店走去。不一会儿工夫，他喝得烂醉，像个刚会走路的小孩一样，跌跌撞撞地走出来，手里还握着一把刀子，心里有一个迷迷糊糊的念头："干掉情敌。"他像死人一样面无血色，一双眼睛发红，嘴里嘟囔着："我要杀了他！"

他来到河边正在修建的小桥上，从这桥头走过去，那边可以到达乡政府。此刻，路上几乎没有人，修桥的工人们都吃午饭去了。小桥上留有行人走的小道，其他地方都用防护栏围着。特列克从这小道踉踉跄跄地走到桥中央的时候，从没有硬化的水泥上滑了一脚，支撑不住身体，从桥上摔了下来，落在桥下混凝土上。不幸，他的一条腿骨折了，骨关节也粉碎了。他找阿吾勒的接骨郎中看过，但是过了一段时间都不见好转，反而疼痛得更厉害了，于是，他被送到县医院。

特列克在医院住了一周多的时间，那条腿疼得要命，即便伤成这样，他还是忘不了艾纳西。心里想："在我最困难的时候，离她这么近，她还不说过来看我一眼！"这份痛苦让他难耐。又过了一周，他收到艾纳西的一封信。他高兴地扯开信封，打开信，内容是：

"特列克，你好！"他迫不及待地往下读，"我从父亲嘴里听到了关于你的状况，这六个月以来，是你昏昏欲醉的日子最终把你推到了意料不到的不幸中，我的心好痛！这些是因为我而造成的，所以，我想赎罪，可是父亲却对我大发雷霆，要我遵守老规矩（他什么都知道了，我不知道是谁告诉他的）。然而，任何人都没有权利干涉我的人身自由，我的幸福是属于我自己的。看在我们过去的情分上，我希望我们的爱情故事到此结束。说实话，通过写这封信，如果能够给你指点人生道路，算是尽我的一份责任了。特列克，你想过没有？起初，我是真的爱上了你，但是那时候我才十七岁，处在爱冲动的青春期，因此，很容易被你空虚的荣辱观和甜言蜜语所迷惑。这些我是后来才明白的，我后悔了。经过长时间的思考，我明白了亡羊补牢为时不晚，于是我及时扭转了走向歪道的命运。我爱上了曾经给我安排工作的木拉提，他现在是地毯厂的厂长，又是我们的老乡。一开始，我暗示你尽早离开我找到自己正确的道路，你却大发雷霆，我害怕了，所以我不能直接了断。你粗暴的性格，最终把你自己害了两次，粗暴的人是不理智的人，我利用你这点儿性格，编造了一次谎言，你却相信了，而且像个懦夫一样地信了！"

特列克脸色发黑，嘴唇发抖，眼睛发红，他还是坚持往下读下去："从你现在的模样，可以说我的选择是对的！我很高兴趁早离开了像你这样连自己都管不了的人。这时代是金钱的时代，是灵活应用头脑的时代，只有那些有钱人和有头脑的人才是有智慧的人，这样的人在阴间能到天堂，在阳间能得到皇位。除此之外，其他东西都是一分不值的，都像脏水的泡沫。特列克，你虽然性格开朗，但是你没有头脑，没有智慧，只会做粗活儿，像一头犁地的牛，而且你还没有财产，像一条不可打结的断绳子！"

特列克读到最后这几句话的时候再也忍受不了了，恼羞成怒地从床上跳起来，在悔恨和污蔑的大火之中燃烧，甚至被烧焦。他的样子很可怕，眼珠子快要迸出眼眶了，两只鼻孔呼哧呼哧地喘粗气，腮帮子直发抖……他咬牙切齿地把信撕得粉碎撒在地上。此刻，他的一条腿疼得让他出了一身汗，于是便紧紧闭上布满血丝的眼睛，倒在床上。悲痛、悔恨、腿脚的疼痛交织在一起，泪水沿着他的眼角流出来。没过多久，骨科主任走进病房，他来到特列克的病床旁边，怜悯地看着特列克说："你要挺住！"他沉痛地叹口气说，"很遗憾地告诉你，我们尽力了，除了给你截肢别无他法！"

这对特列克来说简直就是晴天霹雳，他吓得瞪大眼睛呆呆地望着大夫，像个植物人。突然，他扯住大夫的袖子大叫起来："大夫，救我，救救我吧！"他苦苦哀求着，"大夫，我不想成为残疾人！我不想截肢！救救我呀！"

"兄弟，流眼泪是没有用的！心理残疾比身体残疾更可怕，你还是坚强地面对悲惨的命运吧！"大夫严厉地说，"你的病情很严重，主要是你耽误了时间，没有及时治疗，使股骨坏死。为了保住你的生命，只能给你截肢！"

特列克听到大夫的这番话，嘴唇颤抖起来，傻傻地躺在床上。鲜血从被牙齿咬伤的唇边流了下来。

寡 母

　　和往常一样，加米拉正在麦地里忙碌着。突然，她看见远处有个小小的身影向这边跑来，"那是谁啊？好像是邻家的小姑娘，肯定是我宝贝儿子来信了。"加米拉按捺不住内心的激动，赶忙拖动着不合脚的旧塑胶鞋，费力地穿过麦田，站在了田埂旁。

　　奔跑而来的小姑娘名叫贾伊娜，今年刚上一年级。她一边跑一边喊着："阿姨，您的信，叶尔肯哥哥给您来信了。"小女孩上气不接下气地跑过来，像只报喜的小喜鹊般把手上的信交给了加米拉。加米拉一眼就认出信封上那熟悉的笔迹，那一行字仿佛是跳动的火苗一样。她激动地抱住小女孩亲了一下："谢谢你，我的孩子。"小姑娘这才蹦蹦跳跳地离开了。

　　加米拉有个儿子名叫叶尔肯，现在在省里的农学院读大学，今年应该读大三了。加米拉的丈夫早在七年前去世了，撇下她一人挑起生活的重担。孤儿寡母的生活是艰辛的，但加米拉从未向命运低头，这些年，她硬着头皮供儿子上学读书，直到成为一名大学生。夏天，她忙着种地，冬天，她到处挖甘草来换钱，就这样辛辛苦苦一年，才勉强凑够儿子的学费和生活费。

自丈夫去世后，加米拉没穿过一件像样的衣服，她总觉得："我只要有衣服遮羞着就可以了，待到宝贝儿子学业有成，一切都会好起来的。"这个想法支撑着她，虽是旧衣裳，却穿得干净整齐，尽量不让外人察觉她生活的拮据。她把生活的全部希望都寄托在儿子身上。两个月前，叶尔肯来信只提到他病了急需钱，就再也没来信。这么长时间过去了，儿子杳无音信，使得加米拉整个人都提心吊胆。现在终于来信了，怎能叫她不激动呢？

她急忙打开信封，信里只有短短的几句话：

亲爱的妈妈：

您好吗？

您写的信我收到了。因为学习太忙，所以没有及时回信。医生告诉我还要继续检查，所以麻烦您寄些钱来，最少也要五百元钱。您就不用过来了，那样又白花路费钱，还不如把路费也寄给我。

叶尔肯

1998 年 5 月 25 日

这就是儿子的信，加米拉失望地瞅瞅手里薄薄的信纸，方才喜悦的心情顿时一落千丈。儿子的信以及他的病，使得加米拉陷入深深的忧虑当中。长期的艰辛生活，已经在她的双眼周围刻下了深深的皱纹，此刻，皱纹似乎更深了。加米拉回想起儿子在放寒假回家时，不像从前那样喜欢待在家里，而是变得有些贪玩，他脸色苍白，经常出入一些年轻人的聚会。当时她已经注意到儿子的变化，但又考虑孩子在学校可能学业繁重，难得轻松，何况他已经长大了，也就没说什么。现在看来，当时的担忧是有道理的。"孩子到底得了什么病？为何不明说？也不像以前那样及时回信？而且信的内容越来越少？不久前才寄给他五百元钱，这么快就花完了吗？因为儿子从小失去父亲，成为孤零零的独苗，我这当妈的从来都是宠着他，顺着他，所以使得这孩子一旦手中有点钱就不懂节制，开始乱花钱了吗？"这些疑问盘绕在加米拉的脑海间。她真想亲眼看看儿子，无奈路途遥远，她也不敢一个人出远门，再说家里头也拿不出那个路费。上个月，为了买化肥，她只好把家里仅有的大公羊卖给了精明的羊贩子，买完化肥剩了点，又找人凑了点，立刻将五百块钱寄给了儿子。这笔钱本该够孩子半年的生活费。也许他是看病了，否则他不可能在这么短的时间内就把钱花光。何况，他很清楚家里的全部财产就是那十几只小羊羔，两三头花牛和五亩耕地。我一个女人家把儿子拉扯长大，好不容易供他上大学。假如他不争气，让我这当妈的担惊受怕，那还不让人家笑话。不，孩子一定是病了。俗话说："孤羊羔心硬。"这个没心肝的孩子，给亲妈写封信都那么难。算了，我还是尽快凑钱寄过去，让孩子赶紧把病治好了，千万别因为耽误看病导致病情加重，最后……

加米拉再不敢往下想了。她回想起丈夫就是因为得重病而去世，继而忧心忡忡，担心着生病的孩子。她双眼含泪，害怕儿子会有什么闪失。想到这儿，她决定要凑齐孩子的看病钱。不过，这钱，从哪儿凑呢？丈夫家只剩一个兄长，本该指望和依靠这个大伯子，可他连自家三个孩子在乡里上学的费用都凑不齐。这个大伯子生性懒惰，喝酒成瘾，家里也是一贫如洗。加米拉的娘家又远在牧区，家里的十几只羊还在娘家的羊群里。这两年，天灾不断，靠天吃饭的牧人生活也变得不尽如人意了。当然，不管怎样，"娘家的门总是敞开的"，如果我去要钱，肯定不会空手而归。只是，哈萨克牧人居住的地方从来都是偏僻遥远的地方，交通不便，再说，娘家人一直给予我的接济也够多了。加米拉左思右想，要不去问村委会借钱吧！但是这几年以来，为了叶尔肯的学费，她没少得到乡政府和村委办公室的援助，上次贷的款还没还呢？怎么好意思再去要呢？加米拉转念一想，实在不行的话，只能把家里仅剩的一匹马或那头母牛卖掉换钱，但今后的日子该怎么办呢？要是问村里的人借钱，数过来数过去，只有赛力克还算手头有点钱，若向赛力克借钱……

加米拉心急如焚，想破脑袋也拿不出个辙来，她难过地放声哭起来：我的命怎么这么苦？她无力地站在田埂旁，觉得喘不过气来……

哭归哭，活儿还得干。加米拉赶紧给三亩小麦灌好水，回过头又想浇浇两亩玉米地。突然，她大老远瞧见赛力克正沿着田垄走过来，一股不可思议的暖流涌上她的心头，一丝希望在她内心升腾，方才的种种烦恼似乎散发开去，人也变轻松了。赛力克走近了，她显得有些紧张。再说说这个赛力克吧，早些年，他因为年轻气盛，喝酒闹事，结果在监狱里待了十年，等他回家时，老婆早就和别人跑了，到现在他还是独身一人。一段时间来，这个看起来不善言语的男人对加米拉还挺热情的。她用眼角看着他走过来，便装出一副没看见的样子，拿起铁锹拨拉着土层欲堵住垄口。不过她心里想，如果方便的话，就问他借钱。但是，他们的谈话似乎并没有像她所希望的那样……

"加米西[①]，一切都好吗？"走到她身边的赛力克亲切地问道。

"我挺好！"加米拉极力掩饰自己的情绪，一边向垄口抛土，一边低声问，"你在这儿干吗呢？"

"哦，随便走走，到地头去转转……正好看见你在这儿，就过来看看，和你说说话。"

---

① 加米西：这是对加米拉的爱称。

"你还不是喜欢到处卖弄一下什么。"虽然加米拉已说出这句话，但立刻感到了后悔。

"别这么说，加米西，我可不像那些蠢蠢欲动的毛头小子，我也有自己的想法和活法。"

"依我看，你的想法还是不够现实，请别在我身上浪费时间了。"加米拉叹了口气说，"曾经，我既是妻子也是母亲，但这七年来，我只以母亲的身份在活着。对我来说，活在这个世上，已经没有什么情爱值得我留恋。后半生，我只为孩子而活着。儿子是我全部的希望和依靠。如今，我不认为自己是个寡妇，我是一个儿子的母亲。"

"我明白你的意思，但你还年轻，不到四十岁呀，假如你不嫌弃我，我一定会做个最疼你的伴儿，也愿意做叶尔肯的好父亲。"

"别说嫌弃之类的话，人在年轻气盛的时候，什么事做不出来啊。因为年少无知，酗酒闹事而陷入悔恨之火中的人还少吗？你如果能像那些狡猾的小人那样会玩脑子，也就不会这样了。只因你无意间犯的过错，我就会嫌弃你吗？还不是因为你不会拐弯抹角，性子耿直。不过，我还是劝你别再为我浪费时间了。"

"我会等你的，"赛力克用期盼的眼神注视着加米拉那黝黑的面庞说，"说句心坎上的话，我不需要别的女人，只要有你就够了。"说完，赛力克沿着来时的路往回走了。

加米拉呆呆地目送着赛力克远去的背影，轻轻地叹了一口气。这么多年，加米拉从未考虑过自己，她的生活仅为儿子而活着。现在，加米拉被赛力克的表白感动了，虽然她嘴上不承认，但内心还是动了情，她也说不清楚自己此刻的感情。

历经生活磨难的赛力克由衷地欣赏和敬佩加米拉，为她这么多年一个人抚养孩子的坚持和操行。十年的监狱生活，并没有击倒这个善良、正直的男人，回到家乡后，不怕吃苦，凭着自己的头脑和一双手到处找活干。仅两年，他就攒了一定的资金在乡中心开了一家饭馆和一家商店，成为村里先富起来的人。

加米拉站在田埂，手里拿着铁锹，陷入沉思当中。赛力克肯定会是个好丈夫，但她还不想给儿子找继父。

她感到双腿发麻，就蹲在地上又想了好多事。她想起和已故的丈夫达列力在一起的美好时光。是呀，谁能想到自己的命运会是这样？那时，家里有个勤劳能干的丈夫，除非农忙时加米拉才到地里来帮点忙，平时根本轮不到她一个女人来干农活。达列力除了干好家里的农活，还做些小生意，使得家里的牛羊增加到了一百多头。全家住上了敞亮的砖房，银行里也有了存款，小日子过得红红火火。但谁能想到，命运之神说变脸就变脸，丈夫得了不治之症。当时，达列力清醒地告诉妻子别对他抱希望，劝她别去医院浪费钱财，家里的那些钱留给母子俩以后过日子。但是，加米拉没顺从丈夫的意思，而是想尽办法拉着生病的丈夫到处去看病。那些大医院的医生曾明确告知她达列力已经没有希望，别再来医院了。但是，加米拉毫不放过一丝希望，一直在医院精心守护病重的丈夫。后来，也许是达列力嘱托医生，医院以没有血浆为由，逐步减少了针和药。眼看着丈夫受到病痛的折磨，加米拉急了，恳求医生救救她的丈夫。当被告知血库确实没有血浆，院方也无能为力时，她竟跑遍了全城寻找适合丈夫的血浆，最后在大街上找到一个卖血的人。她将那个瘦巴巴的卖血人领到医生面前，不顾达列力的反对，流着眼泪恳求医生答应给丈夫输血。靠着这点儿血，丈夫多少撑了几天。那时，加米拉第一次真切地体会到血就是人的命根子，如果自己的血型适合丈夫，她愿意献出自己全部的血液。后来，她再也找不到钱来买血，丈夫的病情加重，最终撇下母子俩离开了人间。丈夫走了，家里的钱也花完了。

加米拉每回想起丈夫临终时痛苦的样子，就会想到假如自己的血型符合，丈夫就会多活几天。哎！就算符合，丈夫也不会同意自己输血。有些人身体健康，却以卖血为生，还不是因为穷啊！对了，卖血！卖血可以换钱，那么，我也可以去卖血，这样就可以给孩子寄钱了。

平时，加米拉从早到晚给别人干活，半夜才疲惫不堪地回到家，倒头就睡，以此来消减一些孤独和痛苦。今天，加米拉为了第二天一大早去城里卖血，就早早回家了。她躺在床上却睡不着，"儿子的病不会太严重吧？"继而又安慰自己，"如果孩子真有什么大病，学校肯定会通知我。"她回想起当年丈夫去世时那段痛苦的经历，后来，残酷的现实摆在面前，她得考虑母子俩怎样活下去，对生计的顾虑占据了她的脑海，失去丈夫的痛苦渐渐不再那么深了。此时此刻，对孩子的牵挂，对丈夫的思念，今后的日子，几种想法同时盘踞在她的脑海。今夜，她是如此孤独，毕竟她还是个女人，而且还年轻，作为一个正常的女人，她自然也会渴望男人，想到这些，她睡意全无。她翻开被子，将滚烫的双脚搭在冰凉的床板上，还不到四十岁的她，七年以来，就这样度过多少个孤寂的不眠之夜啊！

加米拉用双手环抱着自己已下垂的乳房，怎么看都像失去弹性的羊肺。岁月无情啊！她的心情沮丧到了极点，似乎有个小虫在叮咬她的某个部位，该死的虫子，真希望有种毒药能杀死它，让她摆脱孤寂的折磨。

突然，外头传来一声熟悉的咳嗽声，天啊，这不是赛力克的声音吗？加米拉自言自语道。她的心扑通扑通跳起来。外面的脚步声走到她家窗前停了下来，使得她的心跳得更厉害了，过了一会儿，脚步声走远了。加米拉像期盼着什么似的静静地坐着，忽然，脚步声又回来了。她轻轻走到窗前向外探望，屋外一团漆黑，什么也看不见。"他想干什么呢？不会是又喝上酒了吧？"加米拉一头雾水。这时，脚步声在接近窗户的地方停住了，此刻，她的心跳加速了。加米拉双脚落地，坐在床沿，眼睛却盯着窗户的方向，似乎在等待着什么。可惜，那脚步声又走远了。这一来一去，使得方才还感到火烧火燎的加米拉一下子冷静下来。怎么回事？难道是鬼怪在诱惑我吗？我是一个母亲，怎能为了一次欢愉，就破坏一直以来奉行的纯洁名声呢？何况明天还要去卖血。不，不，不，我不仅仅是个女人，我更是一个孩子的母亲。天哪！想到这儿，加米拉开始为先前的欲望感到羞愧，她重新躺下，毅然侧过身，怀里紧紧抱着丈夫曾经用过的旧枕头，不再理会窗外反复出现的脚步声和咳嗽声。不知过了多久，她睡着了，梦里看见儿子在微笑。

第二天一大早，加米拉坐上了进城的早班车来到城里，她好不容易才找到曾给丈夫看病的主治医生。通过这个医生，加米拉卖了自己的血，并把卖血的五百元钱寄给了急需要钱的宝贝儿子。卖过血后的她脸色苍白，身体虚弱地回到家里。这状况需要一个月才可能恢复正常。不过，儿子有钱看病了，加米拉的心也踏实了，她的睡眠也逐渐好起来了。当然，作为母亲思念儿子的心情也越来越强烈了。六月快结束了，孩子的假期也就到了，加米拉盼望着儿子早点儿回家……

有一天，儿子就突然出现在家门口，加米拉简直都不敢相信自己的眼睛。叶尔肯笑嘻嘻地叫了声"妈妈"，加米拉才如梦初醒，眼泪像断线的珍珠一样掉下来，她用双手紧紧地抱着儿子，释放着蕴藏已久的母爱，丝毫不在意儿子身上散发着烟味和洋葱的混合气味。她看到盼望已久的儿子长高了，身体还不错，一时心满意足。但同时，一种担忧也进入了她的内心。她看到儿子本来白净的脸上竟有疤痕，问他是怎么一回事，他说："哦，最近，我们在山里做了近一个月时间的实践活动，整天风吹日晒。那天不小心被铁丝网挂住了，我摔了一跤，受了点儿轻伤，所以留下了疤痕。"

加米拉开始问心中的第二个困惑："那你今年怎么提前一个月就回来了？放暑假了吗？"

叶尔肯回答："妈，你不知道，今年的 7 月 1 日是香港回归日，所以学校提前放假，让我们回家庆祝。"

母亲又一次相信了叶尔肯。

虽然，加米拉听到儿子的解释，多少消除了心中的顾虑。但仅仅过了一周，她先前所有的担心和顾虑变得更强烈了。因为，以前儿子从不在外过夜，这次回来后，三番五次地不回家，还经常喝酒，甚至有时候天亮了才回来。

这天早晨，加米拉和叶尔肯一起喝早茶，加米拉忍不住对儿子说道："儿子，你知道咱娘俩相依为命这么多年有多不容易，这个家全部的希望都在你身上，妈的全部安慰和希望都在你身上。你怎么学会喝酒了，酒不是个好东西，不知害了多少个家庭，甚至有的年轻人因为喝酒而失去了生命。要不，我看你还是到牧场上的舅舅家去待一段时间吧！"就这样她亲自把儿子送上了去牧场的货车。加米拉还是有些担心，为了压住心慌，她只好到田地里去拔拔野草。7 月的太阳火辣辣地照着大地。加米拉干了半天活，感到特别干渴，只好提前回家。她刚到家门口，看见门口放着一封厚厚的信，她拿起来一看，竟赫然写着"达列力收"的字样，她倒吸了一口气，这是谁呀？竟不知道她丈夫已经去世多年了吗？再往下看是叶尔肯的院校的地址。加米拉想这肯定是儿子的成绩单，于是没急着打开信封。她先走进屋子，喝了碗茶解了渴，然后才慢慢地打开信封，里面有一张单独折叠的信纸和三页纸的信。她有些纳闷，先打开那一张纸的信。

"尊敬的家长达列力，您好……"读到这儿，加米拉的心抽了一下，

"我是叶尔肯的班主任，首先，我为没有教育好你们委托给我的孩子而向您道歉。给你们写这封信的时候，我也感到内疚。具体地说，叶尔肯不知什么原因，从第二学期开始酗酒，学校对他做了无数次的思想教育和帮助，都无济于事。本学期，他因酗酒连续旷课两个月，而且还涉及校外的一些治安事件。之后，叶尔肯就不见了，通过调查，才知道他已经回家，根据学校的有关规定，决定开除叶尔肯的学籍。特此告知，我也感到很遗憾……"

读到这里，加米拉眼前一黑，感到天旋地转，信从她手中滑落，掉到了地上。她知道另外三页纸上写的是学校的决议和叶尔肯涉及治安案件的资料。她根本不用看，她也看不下去了。

加米拉脸色惨白，环顾这凄凉的空屋，悲从心生，她开始放声号啕大哭。她现在才真正体会到什么叫孤身一人的酸楚。天快黑的时候，她才停止了哭声，抽泣着回想起这多年，自己一个女人家所付出的心血和汗水抚养儿子，原以为可以熬到头了，但没想到儿子竟然会变成这个样子，叫她怎么也接受不了这个残酷的现实。多年的努力全都白费了，她又急又气，早知如此，还不如早日改嫁呢？

当加米拉陷入万分沮丧的时候，屋外又传来熟悉的脚步声和咳嗽声，过了一会儿，门开了，赛力克熟悉而亲切的脸庞出现在她面前，加米拉缓慢地站起来，请赛力克入座。但赛力克有些拘谨，他只坐在沙发边沿，关切地问道："加米西，你怎么了？病了吗？脸色怎么那么差？"

加米拉一边向厨房走去一边支吾着说："我……我头疼病又犯了。"

赛力克说："你就别烧茶了，我马上就走。本来想跟叶尔肯谈点什么，看来他不在家。"

加米拉诧异地看着他说："你找他有事吗？"

赛力克说："也没啥事，我看他最近好像迷上喝酒了，毕竟我是个过来人，领教过酒的危害，所以我想给他说些自己的经历来劝劝他。"

"这孩子一大早就上牧场他舅舅家了。"加米拉说到这儿禁不住哭出声来，对赛力克说了实话，"他已经上瘾了，根本听不进劝告。"

赛力克说："哎呀，我刚才还看到他和一个小伙子在老王的商店喝酒呢？你为啥说他已经没救了，到底出了什么事？"

加米拉把信递给赛力克："我真没想到他会这么没出息！"

赛力克默默地读完那封信后，脸色也变了。他说："哎呀，这孩子怎么这么糊涂，不珍惜这来之不易的学习机会，太可惜了！"他长叹一口气沉默了好一会儿说，"加米西，该发生的事都发生了，世上没有后悔药，你也别太难过了，振作起来。达列力去世时你不也挺过来了吗？再说，只要孩子还健康，就会有希望。像我这样蹲了十年监狱的人都出来了，现在不也好好的吗？会有办法的，我们一起劝劝孩子，还来得及。"

"我把所有的希望都寄托在他身上，本打算后半辈子不嫁人，可以安心地守护儿子和这个家，现在看来简直就是痴人说梦，白费一场！"加米拉向赛力克倾诉自己的苦衷，"你知道吗？孩子这事儿给我的打击超过了丈夫去世给我造成的痛苦，也怪我平时太娇惯他啦！我在想，假如我早一点儿嫁了人，孩子会不会顾及父亲的威严而有所收敛？现在说什么都晚了，事情已经这样了，我真是一点儿办法都没有了！"

"加米西，振作点，你做了一个母亲该做的，你尽到了！好人会有好报，你付出的一定会有报答，而这些苦难都会成为过去的。"

"或许吧！"加米拉带着痛苦的眼神看着赛力克，"对我来说，这太难了！"

"是啊，看起来，上天安排着人的命运，事实上，每个人又能掌控自己的命运，不是吗？"

"你说得有道理，但我是个苦命的人，也许我的好运绑在别人身上，所以才落到今天这个地步！"加米拉长叹了口气，"我今天才真正体会到失去丈夫的女人真的是无依无靠的寡妇！"

"我能理解，你承受了太多的苦难，但是，为了孩子的明天，你必须打起精神来，这还来得及。"

"不，你错了，今后我不会再为已经死去的丈夫和已经长大的儿子而哭泣，我要为自己而活着。不管是死去的还是活着的，我都不欠他们的了！"加米拉的双眼睁大了，声音也变得响亮了。看到加米拉如此急剧的变化，赛力克吃了一惊："那孩子咋办？"

"爱咋办就咋办吧！"她理直气壮地回答，"早在两年前，叶尔肯曾经对我说过：'妈，老师说了，在国外孩子凡满十八周岁就离开父母去过独立的生活，靠打工养活自己。'如今他已满二十岁了，完全可以养活自己，连动物都知道这个道理。现在，不该是我养他，而应该是他养我。所以，今后，我不会给他一分钱。只可惜，这个道理我领悟得太晚了！"

赛力克听到加米拉的这个决定，一下子都不知道该说些什么好。此刻，屋里很静，仿佛时间停止了走动，连一分钟都显得那么漫长。最后还是加米拉的一声叹息打破了屋里的安静，也促使赛力克站了起来说："加米西，你太累了，歇会儿吧，我也该走了！"

当他开门正要跨出门槛时，听到加米拉温柔的声音："赛力克大哥！"他就像被电击了一样，迅速地转过身来，这时，加米拉用手托着额头无力地坐在沙发边说，"赛力克大哥，我有一个请求，希望您能带着叶尔肯干活，干什么都行，千万别可怜他，对他严厉点！"

听到加米拉的嘱托，赛力克才回过神来，他说："明白了，有什么需要尽管说，我会尽力的！"

"我知道，谢谢你！好吧，你该走了！"

赛力克觉得加米拉的这句话好像在赶他出门，他顿时觉得没必要再待在这儿了。

夏天的夜晚多么惬意啊！

赛力克带着失望的心情从加米拉家走出来，一次次回头看看，只见到从加米拉的窗户透出的灯光，他拖着沉重的脚步越走越远……

故乡的一把黑土

五十年前，生活在这个世界上的人们以及他们的生活与现在大有不同。那时候，我还很年轻，那时候，八旬老人讲过的这个特殊的故事深深地铭刻在我心里，故事是这样的：

绿茵茵的花毡铺盖大地的夏季草原。夜，很静，温柔的微风吹来，仿佛情窦初开的姑娘嘴里呼出的气息，似乎她那纤细的手指轻轻抚摸着你的脸庞，在你的怀抱里尽情撒着娇。月亮从夜幕背后羞答答地露出半边儿脸，月光黯淡地洒在地面上。

我疾步走在阿吾勒西面绿色小丘的羊肠路上，前面是几百年来祖先灵魂安息的故土——古老的坟墓群。我爷爷和奶奶的坟墓也在其中，不过，这次我不是为他们而来，是为了另一座坟墓而来。具体地说，是一个国外陌生人的父亲的坟墓而来，用石头砌成墓碑的古旧的坟墓对我们来说是再也熟悉不过了，我的目的就是从这座坟墓上要回一把黑土。

平时对我最熟悉的像故乡村庄一样的这片古老的坟墓群，此时，我愈走近它心里愈紧张起来。听长辈们说过：如果在野外过夜的话，最好找个坟墓过夜最好。我想到这句话的时候，觉得自己是多么地可怜啊！于是我鼓励自己说："他们是死人，而我是活人，我怕什么呢？"由于明天一大早我就要出发，所以该带的东西必须在今晚弄到手，然而，我没有想到在夜里，灵魂们的故土是如此阴森。先不说自己因不敢走近埋葬在土壤里早已变成骨架子的坟墓，取不了一把土而感到丢人，我更不甘心为一个善良的人找个借口来拒绝。不过，为了一个没有任何企图的陌生的外国人，有这样秘密的行动，从法律的角度，我虽然不知道自己要承担多大的责任，但我明白从良心上我是过意不去的。的确，有时候在社会生活中法律法规、公民道德与人性之间有激烈矛盾产生，好比水火不容的状态。这时候，要么在人性面前有负罪感，要么在公民道德面前有负罪感。此时此刻，我才发现自己也成了这种状态下的牺牲品。

从另一个角度来看，嗜好也是一种精神病态。你也许和大伙儿一样嗜好吸烟吧？在你身体内急需吸口烟的时候，你会怎样呢？和你一样，我也有一个嗜好，那就是——马。怎样的马呢？是一匹千里挑一的马，不要说地上的四蹄动物，连天上的飞鸟都难以追上的优良品种的骏马，是驰骋如飞的快马。也许，为此你会耻笑我，但是，我毕竟是世界上首次驯服马，并在马背上游戏数千年，世代相传，视马如命的古老的草原英雄赛种的后代呀！因此，我的血液里流淌的基因从未改变过。当然，我们的先辈——游牧民族，曾经骑在马背上浩浩荡荡地踏遍了世界各地的。如今，他们的子孙像候鸟一样一年四季转场游牧，逐水草而居，因此他们远离了伪装的美和黑色文明，远离了某些外表美丽而内心虚伪的城里人，保留着高尚、仁慈，保留着自然的大方与朴素本色，以纯洁的心，成为人类与自然最初纯真原貌活生生的丰碑。他们是大自然真正的宠儿和骄子。他们的血脉里仍然流淌着英雄祖先一腔纯真而高尚的热血。"夏季牧场是我天堂，骏马是我翅膀"世代相传的这个优良传统，在今天，在我身上不可改变，在未来的时代也不可改变。即便人类将登上宇宙中其他星球，子孙后代在银河系里的其他星球里生活，我们也不会离开骏马和雄鹰。这对将在外星球生存的人们来说是难能可贵的科幻生活啦!

过去,在大户人家喜庆婚宴上,举办的大型赛马会和走马会上双双夺冠后,按照习俗,一般不能给夺冠赛马和走马戴绊马索。我也遵照习俗,不喜欢给自己的马蹄戴绊马索。通常,在马完全歇汗后,我取下镶银的辔头,摸一下它的臀部,就放了它们。今天,我出门去寻找我那两匹心爱的快马,却发现它们已经越过以一座山坡为界,只是用一根铁橛子为标,还没有来得及拉铁丝网的国界线,在属于外国的那片绿茸茸的山坡上悠闲地吃着草。当我第一眼看见它们的时候,像是喝了一碗毒药似的,一团烈火在心中燃烧起来。这真是让人揪心的事儿,又没有任何的障碍物,我心爱的两匹马近在眼前,使劲扔一块石子就能到达的地方,然而在此刻,我和这两匹心爱的马宛如天各一方,像颗难摘的星星一样即将成为我的梦想了,它们与我之间好像有一座人类难以爬上去的隐形雄峰,我用泪汪汪的眼睛望着那两匹自由自在地吃着草的快马。当然,像人类这样把庞大的地球分成若干小块,连天空范围都被占为己有的"私有财产",就连地上的一只蚂蚁都不允许过界线的私心与动物有何干系呢? 对它们来说,不论在哪里,只要有充足的水草就可以了。并非就这一次,过去,在这片友好的两国没有网线的边界上,为了吃到新鲜草而相互越过边界的牲畜有的是。瞧! 今天,这事儿轮到我自己的头上了。

在我万般无奈之际,有个人骑着马出现在对面的小山坡上。这里是两国之边界,可不是闹着玩儿的。我惊慌地向后退去,准备躲避。但是未能来得及,那个人挥鞭策马向上坡奔驰而来,看到我,勒住缰绳盯住我。我看他的样子其实和我一样,是一个放牧人,是我的同胞,于是我的心便渐渐放松下来了。那个人先向我的那两匹马看了一眼,然后向下坡吃草的一群母牦牛看去，那群牦牛旁边还有一头种牦牛，它不时地向这群母牦牛示爱。最后，他把注意力转移到我身上。我虽然对这位外国人有几分怀疑，但是我心里想："我们之间并没有任何仇怨，是生活在两个国家的无辜同胞啊！让我们不仅彼此生疏，而且彼此敌对，在内心产生防备的只不过是那块上面刻有文字的石碑和粗壮的边界铁橛子罢了，除此之外，没有任何的障碍物啊！"想到这些，我便抱着一丝希望向那个人望去。过了一会儿，那个人从马背上跳下来，忙乎了一阵子之后又跳上了马背，用警惕的眼光向四周环视了一会儿，突然，他挥动鞭子向我的两匹马驶去。我感到惊讶！他驱赶着两匹马，让它们越过了边界，然后从怀里掏出一样东西向我使劲抛过来了。他没有说什么，只是立刻调转马头向他的牦牛群奔驰而去。他的这个举动让我又惊又喜。我万分激动，立刻捡起他扔过来的那个东西（用蓝色布块紧紧包裹着），紧追着我的两匹马向下坡的大峡谷跑去。我远离危险区域之后，一直绷紧的神经才松了下来。于是我打开了那个包裹的东西，里面是一块小孩拳头大的石头和一小块巴掌大的纸条，纸条上面歪歪扭扭地写着字，这让我更加惊讶了！纸上的字体虽然不是很整齐，但是很清晰，它完全吸引了我的注意，上面清晰地写着："你不要误解我！我不是为了向你要报酬的。兄弟，有件事儿就凭你的品行之钥匙了，你觉得应该的话，就给我帮个小忙。过去，我的祖先历来生活在这座山峰的周围，阴面是夏季牧场，阳面是冬窝子，这座山那面——你的阿吾勒所在的阿克布拉克就是我出生的地方，是留下我童年足迹的地方，是我祖先代代生息的故居。因为遭遇悲惨的命运，我离开故土有半个世纪了。像候鸟一样没有任何阻隔，从不分离，在大自然的怀抱里自由自在地逐水草生活的日子早已一去不复返了！如今，近在眼前的故土却成了我眼前的飞鸟，比登天还要难的梦想和困惑。一条阴森的国界线在无形中阻挡了我们的自由。在我迈入七旬，面朝黄土背朝天的年纪，向你鞠个躬行个礼，希望能得到你人品的一点儿援助：如果你觉得可行的话，在阿克布拉克西面的那片古旧坟墓群里，有个白色巨石做四角月牙的坟墓，你从它堆起的黑土上给我取一把，我要的是祖先故居的一把黑土。

"我活到这把年纪，人生的最末愿望和祈求是：即便我回不了故乡，也不能在先辈们身边葬身，那就让我葬身的土壤与他们的土壤混合，用一小把黑土垫在我的头部底下，我死了也能瞑目呀！明天，就在这个时候，不管你来还是不来，我都会在这里等你。如果你能帮我这个忙的话，我会为你祈祷，直到离开人间。如果你不来，我无能为力，也不会怪罪你，只能说那是我命中的注定。祝愿你身体健康，万事如意！"

我读完信后，先前的疑惑渐渐消散，取而代之的是犹豫。一个陌生的外国老人肝肠寸断的心情震撼了我的心。对一个离开故土的沧桑老人来说，阿克布拉克的一把黑土真是无价之宝吗？为什么随年龄的增长，人对自己故土有如此的眷恋呢？在平时，谁都不会想到这种奇妙的眷恋之珍贵，谁都不会想到踩在脚底下的普通的土壤之珍贵？这是多么奇妙的情感啊！

我突然想到刚才自己为"草包"的牲畜而伤心的样子，顿时感觉五内如焚，对那位古稀老人的怜悯之心油然而生。此时，我想起两年前从西亚来的一位亲戚，在返回的时候，从故乡带了一把土壤。只可惜，在他出口岸的时候，边境警察没收了他带的那把土。后来我们从他的来信中得知此消息后，也为他伤过心。

珍视故乡的一把黑土，如自己的生命，又如自己的眼珠子，为此抒发情怀抒写诗篇，表面上看只是尽情表达情感，实际上是对故乡和祖国发自内心最纯最真的眷恋，是一个人的品德和责任的一种表达方式。不过，我从老人的这封信中才真正明白了这一点，体会到了一颗悲痛的眷恋之心。

是啊，为万物生灵自由自在生存和繁衍的大地母亲，最初不是以纵横交错的界线分隔，而是一个完整的整体罢了。大地母亲的最原始的宠儿们从未称过霸，几千年来共同享用着大地母亲给予的共同财富。后来，是谁将大地母亲完整的财富，嫉妒自己的同胞，将之占为己有呢？这种占有权最终让人类分隔开来，无法抵挡内心膨胀的欲望，为了自己的利益和欲望发起了战争，互相残杀，使同胞之间变成了仇敌。从捕获一只猎物开始膨胀的欲望和贪婪之心，最终为了财富相互杀戮，结果使大地母亲被分割成了若干块。人类历史从原始社会逐渐发展的过程中，从手持弓箭射猎发展到手持兵器作战，最终发展到制造各种核武器。用若干条界线把大地母亲分隔成若干块，那界线曾经不是人类作战的导火线？这导火线……

各种思想交织在我的脑海里，让我瞬间摆脱了最初的困惑。我迈着坚定的脚步来到古旧坟墓群，从中找到了那个四角用白色石头雕刻成月牙的坟墓。我从它堆起的黑土上抓了一把，用小方布块包裹起来。我的心虽然怦怦直跳，但是我有种如获至宝的感觉。我把它揣在怀里转身便匆匆离去。

第二天，我及时赶到约定的地点。在我赶来之前，他已经在那边以放牧他的牦牛为由，向这边注视着，等待着我的到来。看到我的影子，他快马加鞭向我这边奔跑过来。我看他那一副焦急的样子，没等他靠我太近，就把手里包裹着黑土的毛巾，用九牛二虎之力向他扔了过去。他看到我扔过去的东西，立刻从马背上跳下来，连滚带爬地向自己最珍贵的东西跑过去。他跪在地上，用双手捧起毛巾捂在自己的胸口。过了一会儿，他把毛巾小心翼翼地放在地上轻轻地揭开了，然后低下头来，用手捏了一点儿土抹在眼睛上，接着像是给神膜拜一样，弓着背尽情地亲

吻了那把黑土。看到这情景，我简直不敢相信自己的眼睛，像是在做梦
似的。虽然被他的这些举动深深地打动了，但是我绝不会忘记这里是禁
止过往的界线，我在警告那位古稀老人的同时也在心里警告自己：

"好了，该收了！如果我们被发现，就完蛋了，尽快离开这里吧！"

老人听到我的声音突然清醒过来，也许，他正在哭泣，用衣袖拭
了拭眼睛，然后起身向我鞠了几躬，表示深切谢意，嘴里好像在说着什
么。他的声音好像在颤抖，我没有听清他在说些什么。我迅速转身向返
回的路上跑去。此刻，我的脑海里呈现出各种幻象，时而呈现出上面刻
有字体的界线铁橛子，时而呈现出故乡阿克布拉克，时而呈现出一把黑
土，时而呈现出一位老人可怜的模样。我愈跑心跳愈加速，似乎身后有
边境警察在追赶。我跑了一段很长的路程，直跑得筋疲力尽的时候才停
下来，我很想大声喊出来。于是，我来到绿色小丘的草地上，敞开怀抱
躺在地上，尽情地拥抱着大地大声喊道："啊……哦……大地……大地
母亲！黑土……母亲的黑土啊！……我的故土！"突然，大地像是被我
的声音震动了，我腹部感觉到大地的抖动，悲伤的抖动，耳边还传来一
个隐隐约约的声音。"这是什么声音？"我没有搞明白。过了一会儿，我
渐渐地缓过神来，但是我的心依然在怦怦直跳，耳朵里依然嗡嗡作响。
我向沟壑望去，不知是扬尘，还是雾霭，一股烟雾向天空袅袅升起。我
为了摆脱心里的痛楚，拖着沉重的步子从地上站了起来，我把希冀的目
光投向远处延伸的朦胧的世界：首先像火焰般投入我眼睛的是这片静怡
的故土——阿克布拉克。我又想起了那位老人。我被他的举动和我自己
身上刚刚发生的变化感到惊奇，我想："他也许不是普通的人，而是一
个神人。但，那可能吗？如果他就是神话里所说的神人再现，那这个世
界会不会是另一种模样呢？那将会怎样呢？……也许……我这是怎么
啦？"

变 异

　　花白胡须的中年人从电话中打听到唯一的儿媳妇将要分娩的消息，便急忙穿上外套从屋里走出来。

　　寒风来袭。冬天用寒冷而尖锐的舌头不停地舔着人们的脸。让人感到自己的脸上生疼，瞬间脸蛋发麻，毛细血管清晰地露出来，然后渐渐地变得僵硬。

　　他整了整呢子大衣的领子，戴上皮手套，匆匆来到公交车站口，公交车也很快来到。他上了公交车，从医院站下了车，疾步走进医院一楼的妇产科，这时候他的独生儿子也迎面而来：

　　"您好吗？老爸。"

　　"好着呢！儿媳妇的状况如何？"

　　"她的状况暂时没有异常。"

　　父子俩来到产房门口，各自心里交织着喜悦和担忧，两人都情不自禁地紧张起来，两颗心系着同一个希望，翻滚着不同喜悦的浪潮，时而绷紧，时而舒松。父子俩竖起耳朵聆听产房内的任何动静，他们迫不及待地想要听到即将出生的小天使的哭声。两人偶尔用疑惑的眼神对望。

　　一会儿，从产房内传出新生婴儿清脆的哭声。顷刻间，两颗紧张的心充满了喜悦，他俩喜庆地对望。为了亲耳听到产房内护士的报喜，父子更靠近了门。

这时候，从产房内传来一个女人近似惊吓的声音，随后里面传来慌忙的窸窣声。父子俩心中的喜悦渐渐消失，取而代之的是一份紧张感。

此刻，产房里没有人出来报喜，似乎在见证那份担忧。时间在一秒秒地过去，似乎把父子俩拉向一个深渊。刚才从婴儿哭声中产生的那份喜悦像一颗流星般滑落，渐渐地消失了，一个无底深渊从心中渐渐扩大起来。瞬间，他俩红润的脸变得苍白，明亮的眼睛失去了光彩，呼吸紧张起来。他们只听到自己怦怦的心跳声，身体因慌张而微微颤抖。这位年迈的父亲除了儿子，身边就再也没有别的亲人了。而这个年轻的父亲，由于从小失去了母亲，就像一匹丧母的马驹那样长大成人，因从小备受孤寂变得胆怯，今天，盼望已久的希望即将到手的时刻却像闪电般滑过，他几乎支撑不住自己的身体了。这份不安让这两位父亲都变得面色苍白，精神紧张。

那扇门终于打开了。那个婴儿被包裹得严严实实的，一位戴眼镜的女医生紧紧地抱着怀中的婴儿出现在门口，她对父子俩说："你们也别太着急了，照顾好孩子的母亲！"她指着病床上的年轻母亲。然后，她迈着匆匆的脚步从他们身边走过去。老父亲感到慌张，他那花白的胡须颤抖起来，他急忙问从身边推着病床走过的护士："她的状况怎样？这到底怎么啦？"

"好着呢！"护士用微弱的声音简短地回答。

父子俩不知所措地望着抱着婴儿急忙走出产房的大夫。这时候，一个穿着崭新呢子大衣，戴着墨镜，薄嘴唇的大个子急匆匆地来到他们身边，年轻人向这位老丈人行了个礼，然后向后稍稍退去，以示让长者们说话。戴眼镜的人看到心急如焚的父子俩焦急地说："还没有生吗？"他紧张地望着他们。

"生了……"花白胡须的人用微弱的声音说。

"谢天谢地！那情况怎么样？"

"好……好像没事儿！"花白胡须间断地回答他。此时，他心里感到内疚，因为没有一个女人可以照顾年轻的产妇。想到自己逝去的老伴而痛心。他问亲家公："亲家母怎么没有过来？"

"她马上会过来，正在准备着肉汤，要带过来。"戴眼镜的人感觉到他心里的痛楚，向他解释，"您就放心吧！亲家公，她母亲会照顾好她的。"

一会儿，他们都走进产妇住的病房，亲眼看到她的状况比较稳定，这才放下心来。接下来，他们最想要看到的是那个新生儿，那毕竟是他们的亲骨肉，是他们生命的延续，因此每个人都急不可待地等待着。这时候年轻护士迈着轻盈的脚步来到他们身边说：

"请您俩随我来！"她轻声地说。

心里充满担忧的两个人不敢问是谁在叫他们过去，他们只是默默地跟在护士身后。一会儿，他们来到对面的红色楼房的三层，走进一间宽敞又明亮，地面铺着地毯，两边放置着柔软沙发的房间。

他们进来的时候，房间有四个人坐在靠背椅子上，其中两个年轻人站起来请他们入座。

这一对亲家公并排坐到大沙发的中间。房间里一时很安静，一个宽额头的中年人坐在办公桌那边，他向后梳理着半脑袋的花白头发，皱着眉头说："我想了解一下你们的一些事情。"他用沙哑的声音问他的问题。

花白胡须的人先回答了他的一些提问。他谈到关于自己的独生儿子的状况，以及他出生的时间。宽额头的人转向他的亲家公，询问关于他女儿的一些事情。

"至于我女儿……"他有些尴尬，但没有隐瞒事实，"我不知道女儿具体出生的日子，年龄是二十四岁了，虚岁是二十五。"他简短地回答。

"你不知道女儿出生年龄，说明她不是你亲生的啦？"宽额头和其他大夫都好奇地望着他。

戴眼镜的人低着头稍稍迟疑了片刻，用脚尖磕了两下地面，轻轻地叹了一口气，然后，他抬起头来。这时，他的额头也沁出了汗珠，下巴也有点颤抖，然后用沙哑的声音缓缓地开口说道：

"我瞒得了人，也瞒不了上天。因为我一只眼瞎，所以耽误了时间，娶不上媳妇，在这样单身的时候，上天有眼，我和一个有一女儿的寡妇结了婚。好景不长，不到一年的时间，她去世了。最初，她说她是父母早逝的孤儿，是一个不幸的人，结婚后，丈夫因车祸而亡。在她去世前说出了事情的真相。她曾毕业于省农业学院，毕业后被分配到卡拉托别镇工作，后来与镇政府的一个秘书相爱。但是那个小伙子丧尽天良，一年后便抛弃了她，抛弃，不是简单的抛弃，而是糟蹋了她的一生。离开后，她已经有了身孕。她多次采取行动想要了结自己的人生，但都没有成功。那时候还不能像现在这样容易打掉肚里的孩子，她只好生下了孩子。孩子出生后，在很多好心人的帮助下，她来到了这个县城。可不幸的是，和我结婚后不久她便离开了人间。她走后，我抚养了她留下的女儿。去年，她和这位先生的儿子结了婚。"他用下巴指了指坐在旁边的亲家公，"这孩子从小就这么不幸！"

花白胡须听到这番话，像是晴天霹雳，一时眼前发晕，一股冷汗从他身上渗出来，感觉呼吸困难。低垂着脑袋，呆呆地坐着。

"那你知不知道你妻子原先的那个男人的姓名？"

花白胡须听到这个问题的时候，恨不得钻进地缝里去，他转过头去擦拭额头上的汗水，用胳膊遮掩住了自己的脸，当听到亲家公说"对不起，我不记得了"的时候他才缓过气来，但是突如其来的噩耗，让他无法克制自己的情绪，像一块活化石一样坐在那里。他怕别人发觉自己混乱的内心，极力要摆脱这个困境，于是便用右手叉着腰，蜷缩着身子，不时地看看旁边的亲家公。

亲家公看到他的这副模样问："您怎么啦？亲家公！"

他抓住这个时机说："刚才我急忙出门的时候没有扣纽扣，所以像是着凉了，这腰突然阵痛起来！"他艰难地从位置上站起来，"我到外头活动活动就应该没事儿了！"他拒绝大夫的帮助，叉着腰，弓着背走出房间。

他感到自己仿佛逃离了火海似的，浑身轻松起来，但是，他的心情依旧无法平静。当他想到自己在二十五年前造下的孽，如今就这么意想不到地来到自己面前时，内心深处感到异常的惊讶，与此同时，又感到深深的悔恨。他心里想："这就是所谓的'报应''恶有恶报'，我父亲生前常说'一个走歪道的人，必将会受到惩罚'，瞧，被父亲说着了。天哪！我的天哪！"他自言自语地摇着头。

悔恨，像针一样扎在他的心里，他像抽了一根筋似的在外头来回地转动。那些早已封尘的往事在脑海里历历再现。

那是发生在二十五年前的事。那时候，她是一个从农业大学毕业后被分配到偏僻的卡拉托别镇的姑娘，而他是一个朝气蓬勃的年轻小伙子。很快他和这位从外地来的如花似玉的姑娘相识并相爱。奔放的青春，燃烧的激情，一对年轻人卷入了火热的恋爱中。过了一年，小伙子的工作调到地区，喜新厌旧的小伙子又看上了一位漂亮的姑娘。不幸的前女友发现自己有了身孕，但已经很晚了，她被相爱的人抛弃了。她悲痛欲绝，每天都泣不成声，可是她无法遮挡一天天长大的肚子，有几次她都想过要结束自己的生命，但是，由于同事严密地看护，都没有成功。最后，在一些善良人们的帮助下她生下了肚里的孩子。一件耻辱的人间悲剧发生了，她生下了所谓的私生女。每天她都躲在屋里无脸见人。那段时间，她生活在生不如死的悲痛之中。她想死，可是，她无法割舍自己的亲生骨肉，毕竟那是一条小生命呀！何况她是一个母亲，连鸟儿都会心疼自己的孩子啊！还是在一些好心人的帮助下，最终她以无依无靠的寡妇身份迁移到了邻村。备受折磨的姑娘没有寻找那个伤害自己的"魔鬼"，只当他已经死了。一年之后，她嫁给了当地一个因为一场意外在小的时候失去一只眼睛，从而变成残疾的光棍儿，但是，命运对这个女子就是这么残酷，结婚不到一年她就离开了人间。那个身后留下的唯一女儿就成了她曾经生活在这个世界上的唯一的见证。如今，那个私生女和后来合法的妻子生下的儿子，这一对亲姐弟却成为了夫妻，一起承受他们的父亲曾经犯下的罪行的恶果。这个父亲对自己曾经犯下的罪行深感后悔，此时此刻，他内心充满了悔恨和内疚，几近崩溃。

没过多久，办公室里的其他人都从房间里走出来。他为了隐瞒正在折磨自己的心理，艰难地挪动着脚步默默地跟在他们身后。他们来到那个戴眼镜大夫抱进婴儿的房间里，戴眼镜的大夫带领他们向大厅一边聚集的一群白衣天使走去。看到他们的到来，这些白衣天使从中间让出一条路。戴眼镜的人让他们看摇篮里躺着的婴儿。当他看到婴儿的那一刻吓得几乎要魂飞魄散了，差点儿叫出声来，浑身上下没有一点力气，双腿发软，心脏都快要停止了跳动，脑子一片空白，整个人都变得昏昏沉沉的。不光是他，站在他身边的亲家也和他一样吓成了一具活化石。

"请原谅，我事先没有告诉你们。这对你们太突然了。不过，也没什么害怕的。"戴眼镜的大夫看到他们这副模样，便打破僵持的局面说，"虽然他像个怪物，但他毕竟是你们的孙子啊！"

这句话让他们稍稍缓过神来。

花白胡须的先生好不容易克制住自己的情绪。好久以来，他所希望和期盼的，迫不及待要抱的孙子，以一个妖魔的模样出现在自己的面前，这根本称不上是与自己有直系血统的孙子，他惊恐地、好奇地望着这个怪物。在软绵绵的摇篮里躺着的怪物简直是人类原始意识中那成为传奇的单眼妖魔的转世。他睁着一只明亮的眼睛，不耐烦地蹬着脚，张着一张大嘴巴不停地呱呱直叫。

乱世给自己最大的礼物就是这个怪儿。看着眼前的怪胎，历尽沧桑的花白胡须的思绪被带入另外的地方。

"不要说过去，在科学技术突飞猛进的今天，这变幻莫测的生活依然有很多人类无法想象的现象。对于静心思考和研究的人来说，神话和传说都源于历史和现实。谁敢否定在传说故事中所谓的大鹏、凤凰，不是科学家们所谓的翼龙？因而，人类历史源于现在科学家们所谓的时间要更远。否则很多怪现象怎能被编成简单的故事呢？因此，已经在人们意识里成形，并在传说里所说的'独眼怪''铜爪女妖''老巫婆''老妪'等源于原始人类在山洞里群居生活的人类祖先，在上天的恩赐下，从一个母亲肚子里降生的'独眼怪'，受母亲的保护，躲过人们杀害的劫难，离群索居，隐蔽生活而得以生存下来的怪物，从而成为了一个变异的人类，这也不是一件值得奇怪的事情。由于他孤独地生活在荒蛮的地方，远离人们的关爱和保护，从而失去了人类善良的本性，变成人类的敌人了吧？尽管他那么强悍，却是远离人类社会的一切影响，从而变成了极其野蛮和愚钝的老妪，最终被人类杀绝。当然，我这样的想象像是在凭空乱想，但在现实生活中的各种古怪现象，从另一个角度仔细想的话，其实没有什么奇特之处。那不是什么偶然的产物，而是一个必然的结果。有时近亲间的不伦关系会生出矮小的侏儒般弱小的后代，而有时则可能生出体形高大而威猛的怪胎，这都是完全可能的啊……"

他恐慌而紧张地望着与自己有近亲血缘的怪胎，内心承受着沉重的折磨，沉重地哀叹了一声。

这个怪胎的模样的确很恐怖：头是一个肉包的圆疙瘩，没有眼睑，额头上有一只马眼那么大的眼睛，那只眼睛是那么锐利而寒气逼人，让人望而生畏。扁平的鼻子下面是一张大嘴巴，嘴巴露出尖锐的上牙和下牙，粗粗的黑头发在狭窄的额头上一根根地竖起来，浓密地盖在巴掌大的耳朵前后，一只大眼睛上面有一条月牙眉毛。白白胖胖的身体和其他婴儿没有区别。躺在摇篮里的怪胎眨着大眼睛，偶尔呱呱直叫，紧紧地握紧拳头，直蹬着脚。

花白胡须再也看不下去了，嘴里嘟囔着："天哪！我的天哪！"他转过身去。

此时，他苦不堪言，懊悔无及。他想这个怪胎是自己曾经犯下的滔天大罪后，老天爷对他的惩罚。他觉得自己罪不容恕，自己的灵魂不仅在人间，在阴间都不得安宁。他在心里忏悔，为自己曾经丧失人性，丧失耻辱而忏悔。他艰难地长叹几口气，叹出心里积压的恐惧、悲痛、悔恨，从黑暗笼罩的眼眶里流出咸涩的泪水后，他感觉自己稍微松了一口气。但是他这辈子都不可能摆脱自造的罪孽，他不仅使自己变成了败类，而且，还让自己的后代也变成了异类。

是谁曾经说过"受魔鬼的诱惑，与魔鬼交友，最终是自己也变成了罪不容恕的魔鬼"，他嘟囔着："天哪，我的天哪！罪孽啊！让罪恶随我而去吧！不要传到下一代！"他自言自语地拖着疲惫的身体朝外走去。

陌生人

陶合塔尔因为要调教青烈马，所以很晚才睡着。他一直睡到铃声响起的时候才醒来，急忙起床穿衣服，匆匆出门，好不容易赶上最后一趟班车。

因为赶车，他累得气喘吁吁的，现在才穿好出门时搭在肩上的外套。他双手摸了摸脸，向车内的旅客望去，眼睛贪婪地停留在最前座的穿着整齐、皮肤白净的姑娘脸上。他滑动着喉咙，情不自禁地咽下口水。

他用手指捋捋黄栗色的卷头发，眨了眨眼睛又瞟了一眼那位姑娘，然后从衣服内口袋里取出一沓子十元钱，又从里面翻出一张车票来。他是 14 号座位，一个穿着朴素的瘦弱乡下老太婆正坐在他的位置上。

谁都是用金钱买的车票，都应该自觉地坐在自己的座位上。

他对这位陌生老太婆感到反感，于是他说："这是我的座位，您让一让！"他怕那位姑娘误解他是一个不礼貌的小伙，尽量克制着自己，但是挡不了他那冷酷的表情和示威的语气。

"哦，孩子啊！你家里也有像我这样的老母亲吧？你就帮个忙吧……我这关节……"老太婆开始诉苦。

这位老太婆不要说腾座位，还赖着不走。他忍无可忍，一股烈火涌上胸口，他气势汹汹地说："我才不管你什么股关节还是骨关节，快让我的座位！"

他推了推老太婆。如果这里坐的是一个男人，此时，他绝对会扑向这位"英雄"，把他推到一边儿。然而，这位老太婆只是愤怒地瞅了他一眼，看到他凶残的样子，没有再说什么。这位和自己孩子相仿的年轻人对自己如此无礼，她受了很大委屈，从座位上站起来，艰难地移动着。

"大妈，请您坐这里来！"

"老人家，坐我这个座位吧……"车内的人七嘴八舌地请这位老太婆坐自己的座位。

老太太感动得眼睛都湿润了！

"谢谢！谢谢你们！你们尊重我，我愿老天爷保佑你们！"这位白发老人感激地连连点头说。

前座的那位白净肤色的姑娘把这位老太婆扶到自己的座位上，然后瞪了一眼陶合塔尔，用严厉的口气说："这位先生！你也有像这位老奶奶一样的母亲吧？你怎么会这样对待老人家呢？你的良心何在？"

"少给我装大方，走开！"陶合塔尔摆出一副傲慢的样子，从裤袋里取出一盒烟说，"你有良心，怎么早没让她坐在你的座位上？"

面对这么多人，姑娘不愿意和他较劲，她回到自己座位上。

陶合塔尔得意洋洋地从嘴角和鼻孔吐出了烟圈，瞥了一眼老太婆。

她嚅动着掉光牙齿的嘴巴正在给姑娘说着什么。陶合塔尔看到她的这副模样哧地笑了一下。

老太婆那巴掌大的脸上布满了蜘蛛网似的皱纹。她微微睁开眯缝的眼睛，两鬓洁白的几根白发从白头套边沿露出来，像半捻的线。他心想："看样子，她肯定是个秃头！"她的颧骨凸出，老茧皮肤像要迸裂似的，尖锐的下巴不时地向前凸起，瘦骨嶙峋的手上青筋凸显。

陶合塔尔看着老太婆的这副模样，脑海里涌现出一个丑恶的主人公角色。他在心里情不自禁地嘲笑："天啊！她简直就是一只猴子！还会有人叫她'妈妈'！像她这样的人生出来的孩子会是哪样呢？哪个孩子不像父母，她的儿子肯定像个大猩猩，女儿像个金丝猴吧！这该不会是人类的变异吧？也许是上天对人类惩罚，刻意创造了这样的人吧？是谁受到如此沉重的惩罚呢？或是为了惩罚哪个不幸人而有了她呢？我敢肯定，她的老公和她一个模样。天哪！是哪位倒霉的人儿和她一起吃住，一辈子生活在一起呢？我还寻思着她的老公还有她的孩子，也许她还是一个无人娶的老处女呢！"

他猜测着，像是着了魔一样耻笑着。然后从衣兜里取出一根烟，点燃烟头深深地吸了一口，把目光移到白皙肤色的姑娘身上。他极力从姑娘的美貌中寻找不足之处："可怜的拍马屁虫，闻着臭屁说臭屁香，加上她那暴脾气，简直就是一匹难驯的烈马！也许，她将来是一个折磨老公的泼妇！看着人模人样的，哪能比得上我的高哈尔……"

他狠狠吸了一口烟，高哈尔姑娘的影子立刻呈现在他的脑海里。

"亲爱的高哈尔，你是一个无与伦比的美人啊！我为你神魂颠倒，我追你快一年了，你却还在考验我，甚至还说：'不要来麻烦我！'你怎么就这么狠心呢？不光是你的美貌，连你的人品都和爱情史诗里的吉别克姑娘十分相似啊！多好的姑娘啊！掩饰着内心燃烧的火焰，有时候还让你求之不得呢！

"如今，我的几首诗歌还发表在市级报纸上了，将来啊，我肯定会成为像哈萨克著名的诗人木哈哈里一样的大诗人，那时候我会名扬天下，或者我会成为一个文学杂志的主编……这是迟早的，到时候，我的高哈尔姑娘对我不刮目相看才怪呢！

"我的高哈尔姑娘啊！我是多么地爱你啊，你不会体谅体谅我吗？你看，我今天给你带来了什么礼物？精致的耳坠、高档的项链、水钻戒指。这些首饰象征我对你的一片痴心、一份爱。今天，我特意将它们作为生日礼物送给你，我可以想象到你收到礼物后的高兴样子：你会搂着我的脖子向我撒娇，我会抱紧你尽情地亲吻你。我把这些珍宝给你戴上，你戴上它们站在那些姑娘当中，一定会显得鹤立鸡群的，你走到哪里都会楚楚动人！晚上，你挽着我的胳膊在公园里散步，我会吻你的樱桃小嘴……"

班车的震动打破了他的幻想。

他懒洋洋地向四周扫了一眼，包括白皙肤色的姑娘在内，所有人都沉浸在各自的思绪中。他把自己身边坐的旅客往里挤了挤，给自己足够的位置，吸了几口烟，甜蜜的思绪飘飘而至：

高哈尔，这次会有哪种表现呢？她不会又对我冷冰冰地说："陶合塔尔，我讨厌你这个样子，我烦透了你背课文式的说话方式！"她不会说完转身而去吧！我这个倒霉鬼，上次给她送了一条白色围巾，我傻啊！怎么就给她送白色的围巾呢？我不知道人家会忌讳这个吗？我还不是怕她头冷吗？哎！这次我敢保证，她见到这些珍贵的首饰，一定会开心得不得了，姑娘家就是喜欢这玩意儿！赛尔克不是说"你给姑娘送金光闪闪的小礼品，她们自然会倒在你的怀里"吗？这次我肯定会成功的！

他点燃已经熄灭的烟头又吸了一口，然后回忆起自己专门为高哈尔编写的诗句：

樱桃小嘴苹果脸，乌黑眼睛月牙眉，

挺拔鼻梁细柳腰，一对长辫搭脊背，

　　睫毛弯弯宽额头，天生丽质人人爱。

　　接下来是什么来着，他想不起来了，心里又开始创编："高哈尔的脖子多么白皙啊，简直就是绫子。她那高高挺起的胸脯，好像吃饱肚子洋洋得意的鸡脖子。又黑又长的辫子垂在脊背上，我都愿意用她的辫子勒住自己的脖颈，即便吊死也值！啊，我的高哈尔姑娘啊，你简直就是仙女下凡！是哪位母亲生了你呢？你的母亲一定会像吉别克姑娘的母亲一样，肯定是一个十全十美、天生丽质的人间仙女吧！能生出高哈尔这样姑娘的母亲，是多么伟大呀！这世间的高贵和敬重都应该属于这位母亲。瞧瞧，谁还敢不尊重她呢？为了对高哈尔的一份真情，我宁愿为这位母亲做牛当马，恭敬她一辈子……"

　　陶合塔尔沉浸在思绪中都忘记了时间，班车到达终点的时候他才回过神来。

　　他急忙从座位上站起来，挤着下车的人下了车，匆匆整理了一下衣领，捋捋发黄的卷头发，阔步向车站门口走去。白皙肤色的姑娘搀扶着老太婆一瘸一拐地跟在他身后。

　　他大步跨出车站门口的时候，看到如花似玉，笑容满面的高哈尔姑娘就站在前面，他喜不自禁地加快速度向她走去。

　　"你好！高哈尔……"他难以克制内心的喜悦。

　　"您好！"高哈尔姑娘用微弱的声音回了他一声，不顾他伸出来的手，从他身边走过去了。

　　"妈妈！"高哈尔姑娘抱住猴子模样的老太婆撒娇地说。

　　眼睛里充盈喜悦泪水的母亲敞开怀抱紧紧抱住女儿，亲女儿的额头和脸颊。

　　"我的宝贝……我的心肝……我的天使……"母亲宠着女儿。

高哈尔姑娘在母亲的怀里像个可爱的女孩，她变得愈来愈纯真可爱了，母亲搂抱着女儿似乎变得愈来愈高大。

陶合塔尔回头望着母女俩，活像一个雕塑，不知是羞涩，是恐惧，还是后悔，一股神奇的感觉迅速传遍了他全身。此时此刻，在高哈尔、高哈尔的母亲，乃至周围的人们面前，自己变成了一个陌生人。

瞧，我这爸爸

数天来愁眉不展的父亲，今早喝过茶，阴沉着脸简短地指令我："套马车。"

从来对他说的话百依百顺的我马上去照办了。一会儿，他手里拿着鞭子从屋里走出来，坐到马车上对我说："你也一块儿走！"

我们刚要出发，母亲从屋里追了出来："嘻，看你这是怎么搞的？不拿油壶，油往嘴里灌啊！"她一边埋怨着父亲，一边把手里能装十公斤的油壶塞到我手里。

我们出发了。

很快，我们走出了小村庄，我们的旧马车颠簸在通往乡镇的那条崎岖不平的山路上。小村庄到乡镇距离足有十里路，去的时候都是下坡，回来便是上坡路。

多少个春秋，父亲赶着这匹白头顶枣红马拖的拉拉车，在这条尘土飞扬的山道上来回奔波。今天，他像往常一样放松了缰绳，马鞭在头顶"啪啪"甩了两声，习以为常的枣红马平稳地小跑开来，步伐轻盈欢快。

瞧！这匹枣红马不仅像毛驴一样忠厚老实，而且非常善解人意，不管春夏秋冬，所有的活儿都有它的身影。村里的小孩们在它的脚后跟玩耍，它也不踢，孩子们从它胯下钻来钻去，它也无动于衷。每次上路不用你费心思，只要把它的头对准要去的方向，马鞭子随便甩两下，它自会避开沟沟坎坎，径直走到目的地。这样的家畜怎能不叫主人喜欢呢？

难怪人们说"家养的牲畜生性随主人的性格"。这匹枣红马真随了父亲的性格。父亲是个老实憨厚、性情沉默有能耐的人。他的一生尽在这偏僻的村小学里教书度过，才四十多岁的父亲两鬓已经开始斑白。甭说，从他的言行穿着，一眼就能看出他是个山村知识分子的典型。父亲从不迟到早退，下班回家忙碌牧民生计，一到晚上就是备课、批作业，直到深夜他还坐在那里翻腾着书页纸张。他总是皱着眉头，脾气也很怪，平时像绵羊一样憨厚老实，生气时却像狮子一样吼叫。记得我才上初中那会儿，父亲对我像大人一样命令并使唤，还让我言听计从，可对两个弟弟就像小猫一样宠着，那时候我心里真是不服气啊！

今天，我们进乡，我想一定是买些面、油等日常生活用品回来。但是，我纳闷，为什么父亲数日来情绪变得低沉？瞧！一路上，他沉着个脸，皱着个眉，一言不发地生着闷气。总算到了乡里，他把马车停在了一个安静的角落里。

"我有点事要去办，你到附近转一转！"说着，父亲掏出五元钱塞到我手里，走开了。

我不慌不忙地转悠着，进出街边的每家商店，无聊地打发着时间。到了中午，我溜达到乡政府后面的那片树林里，那里有一个全乡有名的"好心情"餐馆。突然，我看见父亲和一个微胖的中等身材男人，满面红光，说话很投机，肩并肩向我这边走来。我只好无可奈何地停下来等着他们到来。我认出了那个微胖的叔叔，他是乡镇学区主任。我看他俩兴味相投的样子，肯定是喝了些酒。父亲像是给学生上课一样，指手画脚，滔滔不绝地说："难道就不看看做了多少贡献吗？辛辛苦苦工作了一辈子，偶然犯了个小差错，就让靠边站啦！而那些平时什么都不干的人往往能吃得香，总能站在领奖台上，这能说是公平吗？就不说别的了，教书育人的人要知道什么是可耻，什么是真理，不讲道理那真的是很可怕的事！评比的时候要讲功劳、要讲道理，那些任劳任怨，踏踏实实干活的人呢？他们得不到公平，得不到尊重，得不到回报，反倒那些跑前跑后的人……"

我从父亲不很高的声音里听到了父亲的认真，他很激动。从他的这番话中，我算是明白了他几天来情绪低落的原因。

他俩走近我时，我提高嗓门向叔叔问好，可是，那胖叔叔无精打采地嗯了一声，还纳闷地盯着我看。父亲略显尴尬地连忙介绍道："是我儿子。"接着他对我说："快去，你把车子赶到粮店门口，我一会儿就过去！"

我知道他们单独有话要谈，就转身走开了。但是我不明白，父亲有什么心事偏要背着我，他为自己的矛盾心情寻找出路吗？我心疼他，也能理解他，我亲爱的父亲啊！您的学生们是那样地尊敬和崇拜您，可在您面前的我……

我把马车拉到粮店门口。没过多久，父亲也过来了。嘿！我发现父亲眉头舒展开来，动作也变麻利了，买回了三袋面粉和一壶清油。看来，我和枣红马并不是为了这几个东西，专程来回跑二十里路的，更何况，这些东西村子里也能买到。

父亲迅速调转马头，连忙往回赶，当我们走到乡镇那边桥头时，刚才那个胖叔叔牵着一匹大黑马出现在桥头上。

还没等父亲说话，他先大声嚷开了："到家里喝个茶再走吧！这小鬼头会饿得受不了的。"

"甭了，我们一会儿就到家了。"父亲一边表示谢意，一边从他手里接过缰绳，把马拴到马车后面了。

"这马现在的膘情不差，到冬宰时，如果再长膘的话，老赛会更满意的，有可能的话，我再搞些饲料给你带过去。"

"甭麻烦了，像老赛这样的领导，不要说照看几个月的冬宰马，就是送马送驼也值得呀！"

一提起冬宰畜，我记得去年，我亲叔叔想把一只古尔邦节宰的黄头白羊合到我们羊群里，我父亲以草料不够为借口，拒绝了叔叔的请求。当时我很不赞成父亲的做法。瞧，现在父亲怎么突然对老赛的威望百依百顺了呢？真是怪了，我瞠目结舌。

我们告别胖叔叔继续赶着马车向前走去。

一路上，枣红马为了回家，父亲为了圆满完成心事而高兴。而我不明白父亲做了什么样的一笔交易而烦心，脑袋都要气炸了。大人们总是爱喋喋不休地教训孩子，这样做不行，那样做不好，可是他们自己做了这种不合乎情理的事情，眼睛都不眨一下，这究竟是为什么呢？

平时，父亲离开村庄办事，与朋友们喝上几杯酒，回家的路上，总是会哼唱自己喜欢的民歌。现在也如此，父亲还轻声地唱起来：

> 哎……
> 细细的腰，弯弯眉
> 灵动的眼睛，樱桃嘴
> 互诉衷肠表心意。

接着他放开嗓音唱起来。过去，每当父亲这样神采飞扬时，枣红马的步子也有韵律地在道上跑起来。可是今天它就反常了，还没走完一段路程，它就满身大汗，腿脚变得笨拙。马车上装的东西又不多，车轮子也没什么毛病，枣红马这是怎么了呢?

父亲对枣红马的这种行为很是不满，他扬起鞭子在它身上狠狠地抽了几下。这下可惹怒了枣红马，它使出浑身的劲，拉着人车往坡上爬去。可是，它再使劲，马车的速度也并没加快，没过多久，枣红马疲惫得口吐白沫，上气不接下气。

父亲气得咬牙切齿，大声吆喝着:"你这个畜生，拉着空车装什么装，大口吞吃苜蓿草的那个劲到哪儿去了，看我怎么收拾你!"他举起鞭子狠狠地抽起马来。

马是牲口，是烈性动物。而这匹枣红马一辈子像驴一样，从不耍性子，炮蹶子，有时像绵羊一样老老实实。对这样的马来粗暴地抽打，那真是惨无人道的，是不公平的。这一切我看在眼里，急在心里，坐立不安。但是，坐在我旁边的这个人，既是父亲又是老师，此刻，我真是万般无奈啊!

我愤愤不平，左顾右盼，猛然看到车后面拴着的那匹黑马，才恍然大悟。原来这匹黑马不喜欢被牵着，正前腿抵，后腿松，伸长脖子像死牛一样被拖着，枣红马再有九牛二虎之力也无济于事呀!

我兴奋地大叫起来:"爸爸，您看!"

父亲朝我指的方向回过头看了一眼，却无动于衷，只是嗯了一声，掉头对枣红马照打不误。

我再也忍不住了，朝父亲喊叫起来:"爸爸! 您这是干什么?"

"拉紧马嚼子它会疼的，所以自然会跑起来。"他对我的话还是不理不睬，还用这种无理的话打发我。

"这一路全是上坡，不要这样对待枣红马了，我还是骑上大黑马吧!"

"不行，那是老赛的马，怎么能好意思骑呢?"

"那么把它拴到辕木上，和枣红马并排走。"

"像话吗，把领导的马当成辕马，人家会取笑我们的，你个生瓜蛋子，你懂吗？"

这句话让我非常吃惊，我终于明白了，瞧瞧，因为大黑马是领导的马，才会得到这样的优待。哦，天啊！领导的马都这样尊贵，更何况是他家的人呢？这更不用去想了。这该死的黑不溜秋的大黑马，不仅给我们家带来了负担，而且还给枣红马带来如此沉重的遭遇。我恨死它了，真想跳下来，取下马辔头，往它头上揍几下，让它滚得远远的！

父亲继续催促着枣红马，它的四条腿都是汗水淋淋的。不可思议啊！可怜的枣红马拉着马车连同三个蠢货。看着此情此景，我不由自主地想起父亲讲历史课时，所讲述的奴隶和主人彼此的关系，现在父亲的皮鞭像毒蛇一样，在它的耳边不停地挥动。

我忍无可忍，扯着嗓子喊起来："爸爸，您这是无理取闹！太窝囊了！"

父亲目瞪口呆地望着我说："你在说什么？"

"明明是大黑马硬拖拽着不走，不被挨打。而奋力拉着我们的枣红马却被挨打遭罪！您说这是因为什么呢？您不是这样教育我们的呀！"

父亲听了我这番话才勒住缰绳，让马车停了下来。还转过脸来瞪着眼睛看着我，我也没有回避这种严厉的目光，理直气壮地看着他。也许，作为老师，父亲意识到了自己的错。我长这么大，他这是头一回没对我大喊大叫，没有对我发号施令，而是默默地下了马车。他被上级的一点好意弄得受宠若惊，搅昏了头脑，竟然把枣红马一辈子的功劳忘得一干二净，得意忘形地不知道自己在做什么。当他意识到这一切的时候，开始躲避我的目光，我也不想看到他这种可怜的样子。他找借口绕到车后面去了。我立刻跳下马车，迅速解开大黑马的缰绳，牵到枣红马旁边，把它拴在辕木上，这样两匹马并列拉车。我又跑过去，在路边找了一根细木条当鞭子用，然后跳上马车坐回原来的位置。父亲过来看看大黑马，又望望我，惊愕地张开了嘴巴。他站了一会儿，红着脸眉开眼笑地摇了摇头。

"好样的，儿子，走咯！"

父亲又甩响了马鞭子，枣红马像往常一样奋力拉动了马车。这次，鞭子不在马的耳朵根，而在上空晃悠。起初大黑马还不习惯，我用手里的细木条猛抽了几下，它也跟着使劲跑起来。

枣红马已经忘掉了遭受的磨难，好像什么也没有发生，轻轻松松地拉动马车向前跑去，步子轻盈得像风一样。可是，我的心久久不能平静，枣红马遭遇的不幸在我心里留下了深深的烙印。我恨透了那些让父亲得意忘形的人们，讨厌这匹大黑马，厌恶父亲这些反常行为，好可怜我家的枣红马啊！对这一切，我真是困惑不解。过去我天天盼着早点儿长大，现在我不想长大，希望自己永远还是纯真的小孩。

奇特的礼物

　　波热拜坐在毡房右侧的旧熊皮上，把刚宰好的羯山羊的肉从骨头上剥开，一块块地喂着他的猎鹰说："哦，我的老伴儿啊！你要明白就像你对我多么地重要，这只健壮的雄鹰也对我一样很重要，对于上了年纪的人来说，没有比这个更好的消遣了。"他安慰着为宰杀白羯山羊而唠叨的老伴儿说。

　　坐在桦树床头前绣花毡的干瘪黑老太婆说："哟！拿门口拴着的雏鹰和相伴四十年的老伴儿一样看待呀，你也太小看我了吧！"她又开始唠叨，"我就说你那眼睛长得邪么，俗话说'老鹰的雄性是雏鹫，雌性是雄鹰'，我这四十年相伴的老伴儿别是雏鹫啦！"

　　"瞧你这张破嘴，你嫉妒啥呀？"波热拜转动着蓝宝石般的眼睛哈哈大笑起来说，"从某个角度来说，你说得也有道理，我已经六十岁了，老啦！我们的年轻时代算是过去了。瞧，门口那家伙那双闪亮的眼睛，多么迷人哪！如果我抱着它到野外去消遣消遣，那我都不知道自己怎么回到了二十五岁，那时候我是老头子还是雏鹫就难辨喽！"

　　"难怪你把刚宰杀的羯山羊的肉给了它，把骨头给了我。"黑老太婆子敲了一下老头子的髋骨，她把自己捻的羊毛线穿过针眼，把压在心里的念头用俏皮的语言倒了出来，"整天吃饱肚子后只知道卖弄风骚的'黑眼睛妖精'有什么值得夸耀呢？要不你就放了它吧！如果它舍不得你的话，会在你房顶上搭个窝住下来的。"

嗜好养鹰的老头子最不愿意听到老太婆的后几句话。

"哟，我的老伴儿啊！那只是一只鸟罢了，怎么能和人做比较呢？不过，这也是我的家族产业，没有老鹰陪伴，我怎能受得了呢？曾经政府还没有禁止捕猎的时候，你把老鹰当自己的孩子一样看待，瞧，现在，你还为这个唠叨！"

"看你平时也是个寡言少语的人，怎么一提到老鹰就憋不住了呢？我又不是嫌弃它吃了羯山羊肉，一只羯山羊顶一只狐狸罢了。一方面，我想没出门捕猎的老鹰会不会变成白痴，那样我们会对不住它；另一方面，我担心不要受到政府关于禁止捕猎方面的什么影响。"黑老太婆知道自己伤了老头子的心，她安抚着他说，"我保证下次再也不提'黑眼睛妖精'啦！你抱着它睡觉，我也不介意，行了吧！"

"你呀，你！"老头子咯咯笑起来，"好的，好的，你是我生活的伴侣，它是我心灵的伴侣。我首先祈祷孩子们的平安，其次保佑你们俩都健在。我这把年纪了，除此之外别无他求！"

老两口正在掏心窝说说笑笑的时候，从外头传来了汽车的马达声。

老头子一边收拾手里的活儿一边对老太婆说："肯定是那些出来旅游的城里人，为了喝个酸奶，他们怎能不进路边的毡房呢？皮囊里的酸奶该发酵到最佳状态了吧，你再摇一摇。俗话说'精神沮丧时不见友人来，武装齐全时不见敌人来'，别是什么亲朋好友啦？如果是那样的话，光喝个禾木孜（发酵马奶）他们会承受不了，因为在城里他们吃惯了蔬菜，你就别忘了再炒点儿新鲜肉给他们吃。"

从来都尊重老头子建议的老太婆虽然上了年纪，但是动作依然灵敏，她放下手里的活儿，为客人入座的上位铺上了花毡，然后开始准备烧茶。

波热拜老人急忙走出毡房。他看到一辆披着军绿色帆布的轿车在附近的绿草地上向这边驶来。他环视周围，7月的阳光普照着绿茵茵的夏季牧场，一座座毡房像撒在绿毯上的珍珠，眼前一派惬意的生活景象，离他家几里之遥的地方，一群小孩看到汽车的到来，像一群奔向母羊的羔羊，欢跳着向这边跑来，他看到其中也有自己的孙子，惬意的笑容露在他的脸上。

说时迟，那时快，车子扬起一股尘土奔驰而来，停在他家门口。善良好客的阿吾勒老人热情地向客人走去。

从车上下来三个人，他们的身材有明显的区别：一个是肤色灰白，脸扁平，背着一架摄像机的瘦子；另一个是高颧骨，鹰钩鼻，黝黑肤色，戴眼镜的胖子；最后一个是宽额头，棱角分明，留着小八字胡的小伙子。他们仨都没有戴帽子。

不是年轻的客人们先向老人问候，而是老人向这三位客人亲切地问候着。

"孩子们，请进屋吧！"

灰白肤色的小伙子根本没有把老人的问候当一回事，他问道："你为什么拴住它？"他冷淡的表情好像在审讯老人似的。

习惯于说笑的波热拜以为他们不懂才提了这样的问题，于是他解释："我不是为了让它吃草而拴着它，我是在驯养它，如果不拴的话它会跑掉的。"

"喂，老头子！"瘦子恶狠狠地说，"我是问你为什么要抓这只老鹰？"

"哎哟！你是问这个呀！"老人知道自己惹怒了客人，他收敛笑容说，"我们哈萨克历来驯养老鹰，是为了捕兔子、红狐等动物。"

"老愚蠢！"灰白肤色的小伙子甩着手臂大发雷霆，他那扁平的脸拉成了驴脸。

老头看到他如此没有教养，愤怒地说："呸，你的舌头比狗舌还要长！"

老太婆听到老头子大发雷霆的声音，急忙从屋里走出来。

"老人家，您就别生气了，他是为了执行公务才这么说的话，误解，误解啊！"小八字胡的小伙子解释道。

"那你们就别绕弯子啦，直截了当地说吧！"老头子的心又软了。他说："我不想听你们谩骂。即便一条蛇进了屋，我们也要倒上奶子把它引出门，你们既然到家门口了，我把你们当成贵客来迎接你们进屋。这有错吗？"

戴眼镜的和小八字胡听到老人这番话，不知所措地用询问的眼光望着背摄像机的人。他明白事情的来龙去脉之后，甩了甩手。

老人看到他的这副模样，即便心里感到受了委屈，但是依然冷静地说："请便！"

灰白肤色的小伙子手指夹着一根烟，叉着腰，铁青着脸说："你得交四百元罚金！"

老人不明白他的意思，激愤地说："是因为我这把年纪的人请你们进屋吗？"

"您还没搞明白，事情是这样的，"戴眼镜的嗑着瓜子说，"我们是县上林业、野生动物保护站的人，我们专门来这里调查，你抓来老鹰驯养，捕猎是违犯国家禁猎条例的，这，你是明白的。"

波热拜这才明白背摄像机的人为何如此蛮横，他说："你说得有道理！"他冷静下来说，"我们也是有血有肉的人，自从村主任召开会议向我们讲解之后，我们再也没有捕猎过。关于这只老鹰，应该说猎鹰是我们世代相传的祖业，如果不驯养老鹰，我这颗心就放不下来，整天会望着天空发呆，因此，为了精神寄托，我特意抓来喂养它。为了不消磨它的野性，每年初夏，我会放了它，重新抓新雏鹰来驯养。"

司机观察着背摄像机的领导脸色，他像猫一样舔舔小八字胡说："驯养老鹰，还说不捕猎，这简直就是'大姑娘要婆家——嘴里说不出来'，你真会伪善哪！"

还没等波热拜老人张嘴，他的老太婆插话说："孩子们，如果你们不相信，你们去问问村主任和这里的群众。我们在这里不为自己辩解了。"

背摄像机的领导用缓和的口气说："不管怎么说，老鹰是属于国家二级保护动物。抓它、拴它，就是违犯国家法律。"

当听到"违犯国家法律"的时候，老人紧张了，但是他毕竟阅历丰富，见识多广，知道在他手里吃肉的老鹰不会离开他，所以，为了避开这些"麻烦"，他说："那好，我的英雄们，你们罚多少就多少吧！我这就放了这只老鹰！"他边说边向老鹰走去。

"别放了！"背摄像机的领导插话，"我们要带走它，要把它送到动物园里去。该罚的现金我们就减半。"

身边的两人目瞪口呆地看着他们的领导。波热拜从这些城市里来的干部嘴里听到关于"法律""罚金"等名词的时候，他的舌头都塞到喉咙里去了。此时他已经没有力气再争论下去了，因为他感觉头昏脑涨，眼前发黑，于是他摸着额头蹲在地上。

那三个人向老鹰走去。连骆驼都不敢抓的城里人看到这只雄鹰锐利的眼神，便从车里拿出毯子，想要蒙住老鹰，然而，老鹰却扑棱着翅膀向他们示威。他们只好拿起粗木杆想要摁住老鹰。

波热拜老人看到他们的这些行为忍无可忍地从地上跳起来喊道："站住！你们这些狗东西！"他走进屋里，从屋里拿出一块肉，来到老鹰跟前，老鹰抖动着身子，像是在给主人倾诉委屈，然后它回到栖架上。老人湿润着眼眶把手里的肉割成小块，递给老鹰，老鹰没有掉下一块，把肉全部吃掉了。老人依依不舍地看着老鹰说："我对不住你，我的'黑眼睛'，如果上天能原谅我的话，你也原谅我吧！"他抚摸着老鹰，把它从栖架上抱下来，像孩子一样紧紧地搂在怀里，此刻，充盈在眼眶里的泪水渐渐散去了。

戴眼镜的人看到老人这副模样觉得很丢人，他说："哟！至于吗？你像是和心爱的姑娘告别似的！"他咯咯笑起来，指了指司机打开的汽车后备箱，催促老人说，"快把它装在这里面。"

波热拜瞪着眼珠子，把毯子从他们手里夺回来，小心翼翼地包裹住老鹰说："它是大自然的骄子，你们要人模人样地带走它，不要欺辱它。"

老太婆看到用巧匠的手精心制作的镶银绑脚绳还没取下来，她心疼地说："你最起码把它的绑脚绳留下来呀！"

"随它一起去吧！"波热拜坚定地说，"如果他们真要把它送到动物园的话，绑脚绳就随它去！镶有一寸银子的一条皮绳能比老鹰珍贵吗？"

老人把老鹰包裹好放进后备箱里，他像宠着小孩一样抚摸着它说"愿上天保佑你！"他转过身子，从怀里掏出两百元钱，瞪着灰白肤色的小伙子，把钱狠狠地撂在他手里。

这时候，那一群孩子也赶来了。

老人的孙子焦急地缠着奶奶问道："他们要干什么？"他只有六七岁，像个欢跳的马驹一样的黄毛小男孩。

黑老太婆瞪着大摇大摆上车的城里人说："他们是闲转的，没事儿的!"

突然,有个孩子叫起来:"看,他们拿走了你的老鹰!"

这时候,黄毛小男孩发现老鹰不在栖架上,他尖叫着向已经开动的汽车跑去。轻盈的汽车像逃跑似的扬起一股尘土奔驰而去。一群孩子向汽车扔着石子,嘴里喊着:"强盗!""坏蛋!"孩子们知道自己追不上汽车便停下来。黄毛小男孩趴在草地上大声号啕,孩子们因为哄他而耗费了很长时间,他们的眼睛里充满了怒火,握紧小拳头,他们决定下次要看到这些城里人,一定要把他们的车轮胎炸爆,打掉车窗。

*　　*　　*

当天下午快下班的时候,那辆轿车开进了县第一中学的大门,停在教学实验楼门口。还是那个灰白肤色的小伙子下了车,这次他没有背摄像机。他拎着包裹的老鹰走进楼房,来到三楼生物教学组办公室,一个大高个子,肤色黝黑的四十岁秃顶男人迎接了他。

"请坐!兄弟!"他请客人坐在他旁边的椅子上,然后惊讶地望着客人手里被裹的老鹰问道,"这是什么?"

"前面我给您打过电话,就是为了这个。"灰白肤色的小伙子从衣兜里掏出一盒"红塔山",从中抽出一根递给他,并帮他点了火。然后他向这位秃顶老师解释:"麻烦您把这个给我做成标本。"

秃顶老师的脸上露出惊讶和疑惑说:"这恐怕不行吧!"

"没事儿!只要您不张扬就是啦!"

"您这是从哪里弄来的?"

"今天,我们因公务上了山,在路上发现它夹在树枝上,就把它抓来了。"

"您把它做成标本要干什么?"

"这……"灰白肤色的小伙子支支吾吾地说出了真相，"最近我媳妇的领导要为他的独苗举办婚礼，我要把这个作为特殊的礼物送给他。"

秃顶老师惊讶地说："我还是第一次听到这么奇特的礼物！"

"我相信您，才把它带到您这里来了！"灰白肤色的小伙子恳求道，"我不会亏待您的，您要木材，还是要钱，我都会满足您。希望您在一周内能做好，可以吧？"

"好吧！"秃顶老师思量了片刻后答应他，"做好了，我会打电话给您。"

秃顶老师送走灰白肤色小伙子之后，把捆绑着的老鹰放在桌子上，久久望着它那蛇一样扎起的头，它那一闪一闪的大眼睛怒火迸发。一只大自然的骄子备受凌辱的样子呈现在他眼前：那是烈火焚烧的年代，一会儿是被敌人围困的勇士，一会儿是被关押在铁牢里的人民英雄，一会儿又是为正义而奋不顾身的烈士……

他抚摸着老鹰想了很长时间，等到太阳落山，黑夜笼罩大地的时候，他拎着被包裹着的老鹰向五层楼顶爬去。

次日，火红的太阳从东方冉冉升起。一只雄鹰仿佛放声呼唤："我回来啦！我回来啦！"它在夏季牧场的天空绕了三圈。波热拜整夜无眠，天一亮便起床，爬到山顶上，望着天空发呆，那只雄鹰飞落到波热拜的肩膀，这一刻是村民有目共睹的。

从这天起，这只雄鹰再没有戴过绑脚绳，天一亮，它便振翅凌空飞翔，到夕阳西下的时候它便飞回主人的毡房，栖息在毡房的天窗上。

神秘的灵魂

中午放学之后，叶尔麦克向郊区的羊肠小路走去，这条路是回家的捷径。一路上他思绪万千，回想起第三节课老师所讲的那个神秘的故事。

"如果说地球是圆的……"他闪动着密密的睫毛想，"那些枫树林一带的人们就会头朝下，怎么会在天空底下地球上面呢？如果说地球是圆的，那地球表面上的海洋为什么不会倒出来？老师说那是因为宇宙的一种吸引力规律……那，它是哪种神奇的规律呢？像地球、月球、太阳一样庞大的星球在浩瀚的宇宙空间既不靠近又不拉远，那宇宙吸引力规律像被一只神秘的大手操控着，不是真主是什么呢？"

一路上，叶尔麦克想着满脑子的疑问，不知不觉到了家门口。他刚走进院子就听见一个女人熟悉的说话声，他想："这肯定是叶尔波里的妈妈。她聊天的声音就这么大，如果发起脾气那会是怎样的声音呢？"

他走进隔壁的卧室，放下书包，出来洗了把脸。他还是没有从满脑子的疑问中完全走出来，站在院子里抬头望着天空思索了一会儿，然后扇动着长睫毛走进屋里。

叶尔波里的妈妈是个黑婆子，名叫加恩里，她看见叶尔麦克就翕动嘴唇说："哎哟！我还在这里没完没了地说着呢，已经到中午了呀？"她问叶尔麦克："你不是和我家叶尔波里在一个班级吗？他回家了没有？"

叶尔麦克捡起地上的拼图玩具说："他说要到外公家去。"

黑婆子用粗手指捡掉附在大摆裙上的几根鬃毛说："哦……哦……那也行……"她盯住叶尔麦克问道，"你们学校还平安着呢吧？"

叶尔麦克疑惑不解地回答："平……安……着呢！"

叶尔麦克的妈妈哈迪夏快活地笑着说："我说你妯娌呀，你问得也太可笑了吧！国泰民安，学校怎么会不平安呢？"

"哎哟，嫂子，你还没听说吗？大家都在议论，这新建的学校有什么鬼呀，什么游魂呀！"

哈迪夏惊愕地望着她说："天哪！哪来的鬼？哪来的游魂？"

叶尔麦克大惊失色地盯着她的脸。

"谁知道是真是假，都说是有个怪物一整夜折腾了门卫，不是穿着一身拖地的白大褂来敲门，就是骑上马子在草场上奔跑。听说从那以后门卫中邪了，一到晚上，他就喊：'来了，看，来了！'"

"天哪！我们小时候常听大人们说过这样的怪现象，难道现在真的耳闻目见了吗？"

惊讶、恐惧、好奇一次性挤进叶尔麦克纯真的思想里，他瞪大眼睛，深吸了一口气。

哈迪夏担忧地说："那孩子们不要中什么邪了！"

"就是啊！"加恩里附和着说，"据说挖地基的时候，挖出来过人的骨头呢！那些人骨非常大，头骨都有小铁锅那么大，肱骨都有两臂的长度，髋骨有小孩儿的脑袋那么大。大家猜测：那不是哈利尔斯坦，就是神仙呢！也许是一个殉教者的骨架，被移动之后惹怒了他的魂灵！"

叶尔麦克听到这番话后想起那个暑假，他和几个同学来到学校施工场地，亲眼看到从学校地基挖出来的人的肋条骨、头颅骨。他们还把那有深眼窝、大鼻孔的头颅骨当足球踢过呢。想到这些，他惊恐地打了一个冷战。不过，那次，他们所见到的人骨，不像他妈妈说的那么大，也许，大的人骨被人们埋起来了吧！奇怪！人死后身体埋在土壤里，发霉变烂之后只剩下条条索索的骨架子，这骨架子像活人一样活动，那就是所谓的"游魂"了？这又是什么神奇东西呀？听她们这么一说，好像她们知道些什么。

他扇动着长睫毛惊奇地听着两个女人的谈话，在一个可以插话的空当他说："人死后骨架像牲畜的骨架一样变质松弛，那'游魂'又是什么呢？"

妈妈听到他的这个问题，开始有点儿惊讶，但是知道儿子一提问题不会罢休，一定要问到底，所以她思索了片刻后说："到底什么是'游魂'我也不太懂。听长辈们说，人死后留下空壳躯体，而灵魂会离开躯体升到天空。灵魂，也称为'精神'。即便人的躯体发霉变烂，人的灵魂却不会消失，他们会在宇宙空间翱翔。当他们被激怒或高兴的时候，他们以原来的模样呈现在活人的眼前，施展自己的威力。这就是所谓的'游魂'吧！"她好像听谁说过，作了详细的解释，"这是不是真的，我也不知道，也没有见过。孩子，你去问问你们的老师吧！"

"这么说，我们祖先的灵魂也在天上飞着呢！"

"毛拉们这样说，但是，只有真主知道是真是假。"

"如果真主存在，那么毛拉们说的就没错啦！"

"也许是吧！"哈迪夏惊奇地看着孩子的脸说。

"但是，老师们都说真主是不存在的，不要相信他们。"

"天哪！那是没有信仰的人！"加恩里震惊地呸了一声说，"胡说！你们也不要相信他们！"

"为什么？"

"你家那头老青驴今年臕情不错，你就把它送给你的老师做冬宰肉吧！"

"驴肉能吃吗？"

"你瞧！这就是为什么的原因啦！信仰是一回事，语言是另一回事！"

叶尔麦克充满好奇地说："我长大了要研究！"

"去！"哈迪夏对儿子说，"你不会研究别的吗？"

两个女人谈了很多从别人嘴里听到的关于鬼、灵魂的怪事儿。叶尔麦克全神贯注地听着她们的故事，所以没多吃饭。

下午上学的路上，幼小的叶尔麦克脑海里时而呈现关于宇宙吸引力下地球的自转，时而呈现关于游魂的怪事儿，时而呈现关于神的神奇传说。在庞大的宇宙空间，自己是多么地渺小啊！像一只蚂蚁……

一路上，叶尔麦克满脑子都是千万个为什么，好不容易赶上了上课的时间。课堂上，他依然没能摆脱科幻般的思绪。最终，他决定研究关于深奥的世界，研究的第一步就要从学校里所谓的游魂开始。他决定首先要找到一个伴儿。

上完五节课后，他把自己的同学叶尔布兰叫到了一边。因为叶尔布兰曾经一拳头打倒过白胡拉爷爷的凶狗，还经常在夜里一个人敢穿过附近的坟墓地，被大家称为"勇敢的人"，所以他觉得叶尔布兰是最可靠的人。

"我听到了一个怪事儿！"

"什么怪事儿？"

"咱们学校好像有鬼魂。"叶尔麦克把自己听到的怪事儿原本原样讲了一遍，"怎样？恐不恐惧？"他观察着叶尔布兰的面色说。

"不好说！"他转动着宝蓝色的眼珠说，"也许有人为了吓唬大家而编造了这样的故事。如果咱们证实了呢？"

"我也是这么想的。但是真是假我们得证实吧！"

"怎么证实？"

"晚上我们去看守学校。"

"就咱俩？"

"如果出了事，咱俩就……"

"嗯！我也是这么想的。"

"干脆咱们再找一两个人，加那提怎样？"

"他平时看上去很勇敢，但是天一黑，他一个人连厕所都不敢上。"

叶尔布兰的话还没有说完，他们的同学贾娜尔从角落里走出来说道："我也要加入！"

叶尔麦克愣住了。

叶尔布兰斩钉截铁地说："我们不接受监视。"

"我不是监视。"贾娜尔为自己辩解，"你们说的怪事儿，中午我在家里听说了。看到你们俩朝这边走来，我想告诉你们，所以跟随过来。"

"那你为什么要偷听我们的话呢？"叶尔布兰固执地说，"偷听别人说话是不道德的！"

"我没想要破坏你们的谈话。"贾娜尔感到不自在，"对不起！"

"原谅你可以，但是你不能泄露我们的秘密，好了，请便！"叶尔布兰依然没有改变脸色。

"我不走！"贾娜尔摆出一副顽固的样子说，"我也要和你们在一起。"

"女生胆小，你不配！"叶尔布兰执着地说。

"那好，我也要泄露你们的秘密。"贾娜尔瞪着乌黑的眼睛说。

叶尔布兰无可奈何地看看叶尔麦克说："好吧！允许你加入我们的队伍。"

贾娜尔欣喜若狂地拍拍手跳起来，一对辫子在她脊背左右摆动起来。

"现在，我们要想办法拿到学校门房的钥匙，还有晚上我们怎样从家里出来？"叶尔麦克看看两个同伴说。

"钥匙在保安手里。"贾娜尔说。

"我们怎么能把它弄到手呢？"

"保安的弟弟坎杰别克不是在三年级 B 班吗？我们可以通过他把钥匙弄到手。"贾娜尔很快想出办法，"放学后我们找他谈谈。"

上课铃响起来。

下午放学后，为了把钥匙弄到手里，他们仨把坎杰别克叫到一边。

"听说你那个当门卫的哥哥病了，是真的吗？"叶尔麦克瞪着大眼睛对坎杰别克说。

"是真的！"

"得了什么病？"

"具体是什么病，我们也不知道，好像是中邪了。"

"他是不是见了什么东西？"叶尔麦克问。

"我……我不知道。"坎杰别克支吾着。

"那么大的人啦，还会被什么东西吓坏呢？"叶尔布兰插话，"他肯定是个胆小鬼！"

"你要是见了游魂，不要说吓倒，会把你吓成精神病的。"叶尔布兰的话激怒了坎杰别克，他用怒火迸射的眼睛瞪着叶尔布兰说道。

"什么游魂啊？不存在。"叶尔布兰执着地说。

"你要是真不怕的话，今晚，敢不敢看守校门？"

"好了，好了，你们别吵了。"贾娜尔阻止他们争辩，"坎杰别克说得对，今晚，咱们都去守校门。"

"对！咱们就这么办！"叶尔麦克附和着贾娜尔说，"不亲眼见见吓倒门卫的游魂，我们坚决不能相信。大人们只不过嘴上说说罢了，实际上他们也没有亲眼见过呢。也许门卫被其他什么东西吓坏了，让我们一起去证实真相吧！坎杰别克，你敢加入我们的队伍吗？"

坎杰别克听到这番话，眼珠子都要迸出眼眶了。他呆呆地瞪着这仨人。

"你说，怎么办？"

"你快说话呀！"

坎杰别克哑口无言地用脚尖踢着地面。叶尔布兰看到他的这个样子故意说："哥哥是个胆小鬼，弟弟还能是豹子胆？"

坎杰别克又被他激怒了，他的眼睛怒火迸射。

"他俩都说女生胆子小，但我就不怕！"贾娜尔自豪地说，"而你是个男子汉，更不应该害怕！"

这些话激励了坎杰别克，他说："我也不怕！我要加入你们的队伍。"

"好样的！坎杰别克。"叶尔布兰拍拍坎杰别克的脊背，笑嘻嘻地看了看两个同伴。

四个人手握着手许下了誓言。

"今晚，我们怎样从家里溜出来呢？"叶尔麦克用目光扫了一眼三个同伴说。

"我想好了，我就说要到爷爷家去。"贾娜尔信心百倍地说。

"那我就说去奶奶家。"一直忧郁的坎杰别克好像找到了最好的借口一样说道。

"那我们怎么办呢？"叶尔布兰焦急地望着叶尔麦克说。

"我说要住你家去。"叶尔麦克开心地说。

"那我说要去住你的家。"叶尔布兰不停地转动着笑眯眯的眼睛说。

为自己能想到蒙骗家人的借口而感到兴奋的四个人在茂盛的森林里

踏着秋日金黄的树叶跑起来，谁也不甘落后，拼命地向前跑去。叶尔麦克留在后面，他向比他领先三四米远的坎杰别克说："你别忘了把门房钥匙弄到手。"他再次提醒他，然后继续赛跑。他向第一个跑到交叉路口的叶尔布兰和贾娜尔大声喊道："晚上8点钟，我们在车站广场集合，不见不散！"

他俩正在比赛，来不及回答他，就挥手示意。

秋高气爽的季节里天高云淡，夕阳西下，夜色渐渐笼罩了整个阿吾勒。叶尔麦克向爸爸妈妈说明自己要到叶尔布兰家复习功课，他第一个来到约定的地点。没过多久，其他人也陆续赶到。他们四个人向阿吾勒西面新修建的学校走去。

月亮只露出半边儿脸蛋。繁星在晴朗的夜空中眨着眼睛，惊讶地望着什么东西。在秋天微风吹拂下的黄叶摇摇欲坠地挂在树枝上，发出沙沙声。白天，充满欢笑声、读书声的学校，此时像隐藏着什么怪物一样静悄悄地卧着。四个人默默地来到校门口停住了脚步。用红墙围起来的校园内是一排排整齐的房子，在校园正中央的铁杆上国旗正轻轻地随风飘动。四个人向校园凝望片刻之后互相看了看，彼此都看不清脸蛋，但是他们能了解此时此刻彼此心里的所想。突然，坎杰别克发出颤抖的叹气声。

"没什么害怕的！"叶尔麦克轻轻拍了一下他的脊背，他第一个迈进校门，其他人也跟随他进来，他们来到学校门房。

"钥匙？"叶尔麦克说。

坎杰别克好不容易从身上掏出钥匙，递给了叶尔麦克，叶尔麦克用钥匙小心翼翼地打开了房门，阴森森的屋里像一个漆黑的洞。

"好黑呀！"叶尔布兰说，"坟墓也不会像这样黑吧！"

坎杰别克又一次发出颤巍巍的叹声。

"门卫大哥生病是有原因的呀！"叶尔布兰嘟囔着说。

"为什么？"贾娜尔用微弱的声音说。

"睡在这样的地方，胆小的人不吓出病才怪呢！"

"我们再不勇敢点儿，也会吓出病来的。"叶尔麦克说着从兜里掏出小手电，把屋里照了一遍，他先走进屋里，贾娜尔紧跟着他走进来拉了一下墙上的开灯线，她说："哎哟，怎么办呢？"她以后悔的语气说，"没有电！"

"对，灯泡早已烧毁了！"坎杰别克悄悄地说，"我忘了说了！"

"那我们去买个灯泡吧！"叶尔布兰说。

"不要紧！"叶尔麦克说，"坐一会儿，我们就会适应黑暗的。再加上屋里黑的话我们更能看清外面的东西。"

门房里面有一张掉漆的桌子和一把椅子，还有一张门卫睡的床，除此之外，没有任何东西。叶尔布兰从叶尔麦克手里接过手电筒把屋里照了一圈，他说：

"这里还有打游魂的木棍呢！"他拿起放在门后面的铁锹把子，掂了一下重量，又把它放回原位说，"如果用这个打中的话，游魂就没辙了！"

"游魂是能打的吗？"贾娜尔犹豫地说。

"为什么不能打呢？他也是有身躯的呀。"叶尔布兰说，"如果能看见，就能打得着。"

"会不会是幻觉？"叶尔麦克反驳。

"鬼才知道！"叶尔布兰摇头说。

"如果是幻觉，所谓的游魂就不存在了。"贾娜尔说。

"那我哥肯定是产生了幻觉，而不是游魂啦！"坎杰别克消除恐惧，放开声音说。

"有可能！"叶尔麦克说，"我们想要知道的也就是这个啦！"

"他所看到的有可能是鬼。"叶尔布兰说。

"什么是鬼?"坎杰别克好奇地问。

"就是撒旦吧!"贾娜尔说。

"对,不是撒旦,就是阿勒巴斯特。"叶尔麦克说。

"为什么有各种叫法?"坎杰别克依然很好奇。

"谁知道呢?"贾娜尔说。

"这,你们还不知道吗?"叶尔布兰插话,"他们和人类一样,根据性别不同而称谓也不同,阿勒巴斯特是男鬼,撒旦是女鬼。"

贾娜尔半信半疑地看着叶尔布兰说:"你要是全知道的话,说说鬼的祖宗?"

"我不知道!"叶尔布兰傲慢地说,"就像我们人类的祖先是亚当和夏娃,鬼和精灵的祖先是恶布里斯。"

其他仨人都哈哈大笑起来。

坎杰别克好不容易克制住笑声说:"勒布斯是禽兽呀!"

"不是勒布斯,是恶布里斯,"贾娜尔纠正着说,"是你自己的鬼祖先是勒布斯吧!"

叶尔布兰无话可说,他摸摸头傻傻地笑起来。

"现在,咱们得安静下来!"叶尔麦克拿手电筒照着手表看了一下说,"那个所谓的鬼或神要听到我们的声音就不出来了呢。"

贾娜尔问:"游魂会怕人吗?"

"好像怕人。撒旦因为怕人,所以不敢在人集居的地方过夜,听说他们在旧磨子、旷野、破旧的老墙过夜,他们容易接近体弱多病的人呢。"叶尔麦克把自己从爷爷嘴里听到的向伙伴们作着解释,"如果撒旦不怕人的话,为什么不在白天出现,到晚上的时候,只在门卫眼前出现呢?"

四个人静悄悄地坐在一起盯住窗户聆听外面的任何声音。夜，很静，大家清晰地听到叶尔麦克手表的秒针声。外面有清晰的风吹秋叶的沙沙声。时间一秒一秒过去，一会儿从外面传来频繁的沙沙声和嘎吧嘎吧声，很快从远处传来奔驰的群马蹄声，马蹄声渐渐慢下来，然后消失了。四个人挤在一起，连呼吸声都不敢出了，等马蹄声消失后他们才松了一口气。

贾娜尔用颤抖的声音说："天哪！这是什么怪事儿？"

叶尔布兰艰难地咽下一口唾沫说："难道真的是游魂吗？"

"就算闹鬼，他不会把咱四个人怎么样的。"叶尔麦克虽然心里没底，他极力隐藏自己的恐惧，鼓励同伴们说，"我们继续观察吧，看看还能出现些什么。"

外头又寂静下来了。月亮从乌云背后露出了半边儿脸，把微弱的光芒洒向大地。四个人紧张地望着窗外，聆听着外面的动静。过了一个时辰，外头又传来了嘈杂声，随后从远处传来疲惫的一群马蹄声，声音渐渐近了。一会儿，马蹄声转移到学校的足球场上了。

"是马蹄声！"贾娜尔用微弱的声音说，"听，这阵，声音到操场那边去了。"

听到马蹄声渐渐靠近的时候，叶尔布兰说："又到这边啦！"

他们的眼睛却盯着窗户，仔细听着操场上的声音。突然间，有个穿白大褂的怪物出现在窗户上，趴在窗户的玻璃上向里面窥视。此刻，坎杰别克"哇"地惊叫了一声，那怪物立刻消失了。其他仨人也被吓坏了。一股寒流传到贾娜尔的头顶上，叶尔布兰的全身像触了电似的麻木了，叶尔麦克的手脚发冷，一股冷汗从脊背冒出来。

他们紧紧地蜷缩在一起，屏住呼吸不敢出一点儿声音。过了一段时间，他们才渐渐缓过神来，这时候，操场上的马蹄声也静下来了。

叶尔麦克轻轻扶起埋进自己怀里打哆嗦的坎杰别克的头说："坎杰别克，别怕，都已经过去了，你是男子汉不能为此哭鼻子！"

"我一个女生都不怕，你不觉得丢人吗？"贾娜尔对年龄比自己小的坎杰别克说，"你没听说，鬼只欺负胆小的人吗？"

叶尔布兰搂着坎杰别克悄悄地说："我们认为你是你们班里最勇敢的人，所以挑选了你。"

坎杰别克从这些话中受到鼓舞，渐渐地消除了恐惧。

外面万籁俱寂。

放哨的四个人在黑夜的怀抱里沉浸在各自的思绪里。到了半夜三更，外头又传来沙沙的嘈杂声，从隔壁储藏室里传来的丁零当啷声，惊动了黑夜。恐慌和瞌睡交织的四个人立刻提起精神加紧了防范。又是一片寂静笼罩了整个校园，四个孩子渐渐适应了夜的寂静。半夜过去，一轮月亮高高挂在天空，孩子们的瞌睡像经过两次拍打海岸的波浪从眼睛里闪过，此刻，他们已经清醒了，像是等待一个意外的发现。

一场恐慌过去后，坎杰别克对着叶尔麦克的耳朵嘟囔："这游魂已经睡觉了吗？"

叶尔麦克虽然不确定，但他好奇地对坎杰别克说："有可能！"

坎杰别克说："这么说，现在他睡觉去啦！"

贾娜尔果断地说："如果他是撒旦的话，天快亮的时候他还会出来活动的。"

叶尔布兰轻蔑地说："他对你说过吗？"

"我听爷爷说过。"贾娜尔温和地回答，"黎明时分、大中午、黄昏时分，撒旦就要出来活动。"

坎杰别克沮丧地说："这么说，他又要过来啦！"

叶尔麦克信心十足地说："他再来的话，咱们非见不可！"

躺在门卫床上的叶尔布兰跳起来说："怎么见？"

"如果我们就这样躲在门房的话，守多少天都没有收获。"叶尔麦克坚定地说，"所以，我们分两组，一组到房顶，另一组留在这里继续察看，怎么样？"

其他仨人异口同声地说："同意！"

叶尔麦克站起来对贾娜尔和坎杰别克说："你们俩中一个跟我上房顶。"

"让贾娜尔去吧！"坎杰别克支吾着说，"我就留在叶尔布兰身边，继续察看。"

"好样的！"叶尔麦克拍拍他的肩膀说，"我们怎么传递信息？"他在黑暗中对三个同伴说。

叶尔布兰惊讶地说："传递什么信息？"

"比如，在屋里你们感觉到的我们有可能不知道，而房顶上，我们所知道的你们也不一定知道。再说，如果有什么意外，就得马上取得联系啊！"

叶尔布兰说："我们可以用手电筒吗？"

贾娜尔说："那只是一方可以传递信息。"

他们正在忧郁的时候，还是坎杰别克想出了法子："这里有我哥哥捆行李的绳子，"他说，"我们抓住绳子的一头，你们抓住另一头，就可以传递信息啦！"

"你好样的！"叶尔麦克拍拍他的肩膀说，"这就叫有思想的男人。"

叶尔布兰咯咯笑起来说："你虽然不勇敢，但是你还有灵活的思想啊！"

"快把空话放一边吧！"贾娜尔理直气壮地说，"我觉得咱们的传递方式应该是：如果是马子奔跑，就把绳子拉一下；窗户外出现怪物，就把绳子拉两下；如果出现什么意外，就把绳子快快地拉三下；结束的时候拉四下……"

四个人决定传递信息的方式之后，叶尔麦克和贾娜尔爬着梯子上到房顶去了。少了两个人，屋里的两个人心里多少有点儿恐慌。叶尔布兰知道坎杰别克胆小，就克制住自己的情绪。而上房顶的两个人如获自由，他们把手脚伸展开来，呼吸也顺畅了。

贾娜尔环视四周，伸伸胳膊说："夜色真迷人！"

叶尔麦克说："原来我们没有在夜里出来过，所以还不知道夜色是如此地美丽啊！"

此刻，朦胧月光下的秋夜是最寂静的时刻，只是偶尔从远处传来一两声凄凉而孤单的狗叫声，那声音持续了一段时间。

突然，倚靠在房顶边沿的贾娜尔说："你看那边！"她指着教师办公室的方向悄悄地说。

叶尔麦克猛地转过头去向贾娜尔手指的方向望去，他看见一条白狗向这边轻跑过来，他俩悄悄地注视着。那条狗鬼鬼祟祟地来到学前班门口，突然抬起两条前腿趴在窗户上向教室里面窥视，然后嗖一声跳下来，像"怪物"一样。它挨着趴到那一排教室的窗户向里面窥视，最后来到门房的窗户。紧接着，贾娜尔手里的绳子被拉了两下，这"怪物"好像感觉到什么似的，立刻拐到墙角失踪了。

"哎哟！我的天！"贾娜尔用颤抖的声音悄悄地说，"这到底是怎么回事？"

叶尔麦克简直不敢相信自己的眼睛，他说："是一条狗啊！"

"我爷爷说过，撒旦会以人的模样或以动物的模样呈现。"贾娜尔用微弱的声音说，"如果它是一条狗的话，为什么趴在窗户上往里面窥视呢？"

"是啊!"叶尔麦克说,"就像人一样往里头窥视。"

贾娜尔的声音平稳下来说:"你看到它的影子了没?"

叶尔麦克惊奇地看着贾娜尔说:"我没注意,怎么了?"

贾娜尔看着那条狗跑去的地方说:"我爷爷说过,游魂没有影子。"

"谁见过,那不一定吧?"

"不知道,也有可能吧……"

像狗模样的怪物消失之后,周围又是一片寂静。不一会儿,秋日凌晨的微风从东方吹来,吹醒了静夜沉睡的一切,周围隐约可见,风愈来愈猛烈,树叶从枝头上落下来,不耐烦地在地面上打滚。这时候,贾娜尔手里的绳子从屋里拉了一下。

贾娜尔悄悄地对叶尔麦克说:"表示有马蹄声!"

两人向四周侧耳聆听,但是没有听到马蹄声,只听到风吹芦笛发出刺耳的声音,一片阴森笼罩着周围,长杆上的旗子好像预感到什么似的,展开翅膀,极力扇动着。

叶尔麦克和贾娜尔全神贯注地向四周察看,但是没有听到马蹄声,绳子又被拉了一下。

贾娜尔悄声说:"还是那个信号。"

他们惊讶地向四周张望,但是没有其他的声音,还是树叶沙沙的声音,加上旗子随风飘动的声音和嗡嗡的芦笛声。

贾娜尔着急地说:"奇怪呀!我们怎么听不到马蹄声?"

叶尔麦克用手掌捂住两个耳朵默默地聆听着周围的声音,然后他放开耳朵。这个动作他重复了几次,然后咯咯笑起来说:"你也来试试这个动作。"他接过贾娜尔手里的绳子。贾娜尔照着叶尔麦克的动作试了一遍,她惊讶地望着杆子上的旗子。

"发现什么了吗?"

"像骏马奔驰的声音？"贾娜尔不解地说，然后又重复了几次这个动作后说，"对！就是这个声音，我们搞错了！"她兴奋地叫起来。

"你说对了！"叶尔麦克赞成地说，"旗子随风飘动的声音，在屋里听着像奔驰的马蹄声。"

"那么，那条狗一样的怪物该怎么解释？"

"也许它就是一条狗而已！"

"它为什么向窗户内窥视？"

"不知道！"叶尔麦克犹豫地说，"我们再等一会儿，看它再来不来？"

东方微微发亮。两个人向四周细心观察，终于看到了那条狗。它乱窜了一会儿，然后向校门口跑过来。

"好像是波拉提家的狗。"贾娜尔对着叶尔麦克的耳朵说，"如果是他家的狗，那我们吹个口哨，它就会跑过来。"

叶尔麦克立刻吹了个口哨。那条狗转过身停了下来。

贾娜尔悄声说："你学雪鸡叫。"

叶尔麦克学了两声雪鸡叫，那条狗像离弦的箭一样跑到门房门口，它摇着尾巴，哼叫着扑向房顶的两个人。他们手中的绳子也被拉了几下，但是贾娜尔没有在乎绳子，她高兴地说："正是它！"

叶尔麦克激动地说："的确是它！"

绳子被拉了三次，又重复了一次。

贾娜尔跳起来说："有危险！"

叶尔麦克也迅速动身了："也许他们害怕了，咱快去！"

他们从房顶下来后，那条狗并没有离开，它缠着贾娜尔的腿摇着尾巴撒娇。

"它就是阿克胡特盘。"贾娜尔认出邻居家的这条狗，抚摸着它的脑袋说，"去，到一边儿去！"那条狗摇着尾巴尴尬地站在一边。

他们俩进屋的时候，屋里的两个人吓得没有出一点儿声音。

"勇敢的叶尔布兰，你怎么了？"

"我们吓得快魂不守舍了！"叶尔布兰抖着声音说，"一个穿着白大褂的怪物来到床前不是手舞足蹈，就是哼叫，真是吓死人啦！"

"奔跑的群马，好像要把房子踩扁似的。"坎杰别克说着哭了，"我们以为你们出……出事儿……"他哽噎着说不出话来。

"没什么害怕的，"叶尔麦克搂着坎杰别克，擦拭着他的眼泪说，"我们看清了真相。"

叶尔布兰提起精神："什么真相？"

"你们先好好听一下。"贾娜尔站在门口说，"听！听到什么了？"

叶尔布兰说："该死的！还在奔跑。"

贾娜尔把门打开说："好的，现在再听一下！"

叶尔布兰和坎杰别克仔细聆听着外面的声音，听到秋日晨风中飘动的旗子的声音，他俩冲向外头。

贾娜尔提醒他们说："门口有波拉提家的阿克胡特盘，别把你们吓着了！"

两个人一齐冲出屋子，仰头望着长杆上飘动的旗子。

"这就叫'草木皆兵'啊！"叶尔布兰咔咔地笑起来，坎杰别克眯着含泪的眼睛嬉笑。

叶尔麦克看到同伴们舒畅的心情，他说："因为晨风有威力，而且时而猛烈，时而微弱，所以给门卫造成的印象是奔驰的马蹄声，时而远，时而近，好似在转着操场奔跑。"

叶尔布兰盯着他问："那怎么解释趴在窗户上的怪物？"

"那个怪物就是这条阿克胡特盘。"贾娜尔指着那边向他们摇着尾巴的白狗说，"至于它为什么趴在窗户上，我们也没搞清楚，我们一起来查查看。"

他们四个人仔细地检查了门房和各个教室的窗户，但是没有发现任何可疑线索。

坎杰别克猜测："狗的嗅觉特别灵，也许它在寻找什么属于自己的一样东西。"

"那不一定！"贾娜尔反驳他说，"也许它从教室里听到老鼠的动静，所以想要去抓它们吧！"

叶尔麦克说："现在天气热，老鼠都在外头，再加上……"

叶尔布兰拿手电筒重新照着教室的窗户，兴奋地说："我知道了！"

其他三个人跑到他身边。他指着手里的几粒干馍子说："阿克胡特盘寻找的东西不是别的，是这个。这是学前班的孩子们留在窗台上的干馍馍。"

其他三人异口同声地说："你说得对！"

"这下，真相大白啦！"

"我们终于达到我们的目的了！"

"我们揭开了迷惑人们的所谓游魂的面纱了！"

四个人为自己的收获感到兴高采烈，他们欢呼的声音在校园的天空上回荡。

当他们回到门房门口的时候，从隔壁储藏室里传出的尖叫声震住了他们。随后有两只猫噼里啪啦地从敞开的窗户跳出来，你追我赶地绕过墙角，消失了。突然受惊的四个人用笑声掩盖了自己被惊吓的心，欢声再起。

一会儿，东方天际浮起一片鱼肚白，大地也渐渐地光亮了起来，一座座屋顶的烟囱升起袅袅炊烟。

贾娜尔说："咱们回家吧！"

其他三人大声说："回家！"

四个小孩向阿吾勒走去。清晨的微风吹醒了他们。叶尔布兰逗笑着贾娜尔和坎杰别克，叶尔麦克似乎没有听到他们的说话一样，默默地埋着头思量着什么。

"难道平时大家谈论的鬼神、撒旦、灵魂都是因为这样的误解而产生的意识吗？但是这种意识不仅是我们哈萨克人所具有的，而且世界上的人类都有这种意识，这又是为什么呢？难道几千年来人们被愚蠢的思想意识所蒙蔽吗？这怎么可能呢？我们应该研究其中的奥秘。首先要到夏季牧场黑沟叫图尔海特的地方去研究研究所谓'闹鬼洞'的奥秘。然后到报刊上读过的神秘洞——江西省的鄱阳湖、埃及的金字塔、加勒比海的百慕大三角、太平洋的马里亚纳海沟去好好研究研究该多好，为此，我们要努力学习，考上大学，掌握很多的知识，早日成材才是……"

老磨坊里的鬼

1969 年 11 月 5 日，下午。

入冬以来不紧不慢飘落的雪花，没给多变的季节带来什么生机，大地依然干旱，但是入冬的脚步停止，天气骤变，大地萧瑟，山村笼罩在一片萧条之中。

红岩村的遭遇同这个季节一样糟糕透了。两年前，新盖起来的会议大厅，同样显得空荡而冷清。村民的心情和这个冬季一样阴沉，轻者吹胡子瞪眼，重者性情变得急躁不安，甚至暴跳如雷。村里原本老实巴交的托合塔生举臂扯着嗓子使劲喊着"打倒牛鬼蛇神哈布勒拜和夏合勒拜！"的口号，他那像冬天的树皮一样皲裂的手刚刚能举过头顶，身上穿的破皮袄硬邦邦的，每每举臂破皮袄也跟着作响，他伸长脖子，扯着嗓子，上蹿下跳地闹腾着。大家都这般热血沸腾，没人胆敢保持平静。所以虽然没有被感染，但有些人也不得不跟着高呼口号，装模作样以此来躲过别人的视线，不让别人察觉自己真正的意图。他们中间真有一位这样的人，夏合勒拜毛拉就是，他被揪出来批斗也有六七天了。

夏合勒拜做梦也没有想到这样的遭遇，确确实实是祸从天降。到了这把年龄，他被五花大绑推上了木墩，像木头一样站了一整天，全身的筋骨又酸又麻，他还得硬着头皮熬着。老人遭遇这样的命运起先是跟着别人喊口号时不知情说错了一些话。后来真是雪上加霜，他早先给孙子讲故事说的再平常不过的一句话，起到了决定性的作用，就像是火上浇油，头顶被一片乌云笼罩起来了，因言获罪，一下子也站在了那些牛鬼蛇神的行列里。

红岩村的叶尔麦克，是个神气十足的年轻人，他以一种全新的方式主持了今天的批斗会。他穿着一身代表时代特征的崭新绿军装，小小的村庄先后揪出了五个"反动分子"，他们一字排开站在了群众面前，被一一拉出来，彻底交代问题并被定罪后，叶尔麦克恶狠狠地瞪着夏合勒拜毛拉。夏合勒拜毛拉的脖子上挂着一块黑木板，虽故作镇静，但两腿早已发抖，身子稍稍晃悠了一下才算站稳。

叶尔麦克对大伙儿说："看看，披着羊皮的豺狼终于暴露在我们面前了，大家看清他狰狞的面孔了吧!"叶尔麦克的手指几乎戳到毛拉的眼睛上了。他说："他，通过自己的孙子们传播'旧磨坊里有鬼'的言论，以愚昧的宗教思想在作怪，企图教唆青少年，毒害他们的信仰。所以，千万不能掉以轻心这个危险的敌人，这些教训给我们带来的危害还少吗？比昨天畏罪自杀的合孜尔，还有里通外国分子的哈力别克的罪行还要严重。因此我们要彻底揭露并消除根基，决不罢休。这个问题的答案今晚用铁的事实来证明!"

叶尔麦克本来还不愿停止他的陈词滥调，有个脖子上挂着沉重木板的人突然一头栽了下去。这终于让他停止了叫嚣。

这时已到傍晚，会议大厅里光线灰暗，批斗会总算结束了。但是夏合勒拜毛拉被叫住没让回家，等大家都出去，大厅安静下来后，叶尔麦克虎视眈眈地对夏合勒拜叫嚷：

"夜幕降临时，鬼就出现了，这可是你说的，对吧？"

夏合勒拜毛拉说："是的！"虽然他很不情愿，但又不敢对抗。

"那走吧！"叶尔麦克的话音未落，沉重的一拳已砸在了夏合勒拜毛拉的脑后根，并把他连推带搡地推出了大门。

"去哪儿？"

"去旧磨坊。"

夏合勒拜毛拉的心咯噔一下，心跳加速，口干舌燥，喉咙像被什么东西堵住了似的，双腿情不自禁地瑟瑟发抖却不得不拖着沉重的步伐挪动身子。

旧磨坊在村边田野东面的两公里之外的山沟里，叶尔麦克推搡着夏合勒拜毛拉向那边径直走去。村边的人很惊讶地看着他们，不好说什么，只能默默地目送他俩远去。不久，他俩就走在了村外石头沟旁的羊肠小路上。叶尔麦克为自己想出这个主意感到高兴，脚步迈得像德国军人一样铿锵有力。夏合勒拜毛拉虽说已年逾六旬，可身板还算硬朗，最近几天把他折磨得够呛。他为了不再继续挨打，打起精神想把脚步迈得快点，可这两条腿就是不听使唤，也就利索不起来，还得挣扎着深一脚浅一脚地往前迈步。自离开村庄走向这条便道，夏合勒拜毛拉的脑子就像触电似的嗡嗡作响，眼睛被一层雾蒙住了，极度的焦虑使他的心怦怦乱跳，他心里想："看样子这个混蛋不会轻易放过我，我在无意中信口开河说的一句话，竟节外生枝，一周来让自己遭受了如此多的罪，还大言不惭地干着如此荒唐的事情，罪孽啊，罪孽！到头来自己的命运也同那两位吃尽苦头被逼至死的同乡一样悲惨吗？人能承受死亡，但承受莫须有的罪名真的很难啊！我们连牲口都不能随便乱打，如今人连狗都不如，到了无尊严可谈的地步，天哪！这是造了什么孽啊？让我们如此遭罪？"想到这里，老头子深深地叹了口气继续想着："其他的先别想了，今天该怎么摆脱呢？旧磨坊有鬼之类的话，我们在孩提时代就听大人们说过，谁也没有亲眼看见过呀！说实在的，究竟有鬼还是无鬼谁也不知道呀！对啦，叶尔麦克已故的父亲曾经不是也说看见过闹鬼吗？有一次听他讲述过这样一个故事：那天，天蒙蒙亮，他父亲一个人从夏牧场赶往村庄参加聚会。走到旧磨坊附近时，胡布拜的两个小女孩光着身子在堆沙子玩耍。他感到惊愕，猜不透眼前发生的一切，小女孩们在干吗？是迷了路了吗？正要走近看个究竟，刹那间这两个小女孩消失得无影无踪了。他断定发生了一件不寻常的事，只得嘴里不停地念诵经文，匆匆走开了。不久，他老人家不明不白地割断喉咙自尽了。大家纷纷议论，认为他儿子叶尔麦克没有好好照顾老人，老人承受不了生活的磨难，只得早些结束那煎熬的苦日子。

"哎！今天，如果那样的鬼出现在这个败家子小祖宗面前，闹腾闹腾，让他也魂不着体，惊吓个半死，兴许他发热的头脑会清醒过来，使这个无恶不作的黑心肠能反省一下，不再给大家带来厄运……"夏合勒拜这样想着，他眼前又浮现出那两位遍体鳞伤的遗体。他又打了一个寒战，不自觉地发出了长长的叹气声。他继续想："他们被活活打死后，有人做了手脚说成是悬梁自尽。这不是没有道理的。看来，自己会沦落到他们的下场喽！那要完蛋了！"

老人挪动着越来越沉重的双腿，眼前一阵一阵发黑，嗓子火辣辣的被什么东西堵住了似的。他便抽抽搭搭地哭起来。与其像他们那样遭罪，还不如一死了之。死神的手似乎把他推向深渊，他感到绝望。死，也要死得光彩啊！

夏合勒拜左思右想也想不出两全其美的办法，就在他心烦意乱的时候，叶尔麦克的大皮靴一脚踹在他的屁股上，这一脚把他惊醒了。他趔趄着连忙加快了脚步，并且在心里诅咒着叶尔麦克：像他这样丧尽天良的畜生，应该受到惩罚！他那绷紧的神经算是松了些，但很快他又沉浸在悲哀之中。哎，谁知道呢？这世上没听说过被咒死人的，如果真能咒死人，那像叶尔麦克这样的人早就变成白灰了。所谓的"善有善报，恶有恶报"这句话是真的话，像合孜尔和哈力别克那样的好人怎么会那样先走了呢？

一个拳头从夏合勒拜的背后打过来，让他跌倒在路边，还没等他反应过来，又是一阵乱踢，大头皮鞋踢在他身上发出咚咚的声音。他还是挣扎着站了起来，这才算摆脱叶尔麦克的拳打脚踢。打得他流出了鼻血，他胡乱抓了一把，满手都是血。他浑身在颤抖，每根神经都被触动了。他决定在命运的最后一刻，重新找回尊严。此刻，他那暗淡的目光立刻变得炯炯有神了。

绝不能这样平白无故地死去。夏合勒拜终于平静下来，头顶上翻滚的那片乌云被一道电光撕裂了，顷刻间，驱散了他对死亡的恐惧，把他从绝望的深渊中立刻拉了回来。心想：与其白白送死，还不如与身边这个祸害同归于尽，这样，我的人生也就没遗憾了。绝不能寻短见，坚决不能像那两位同乡那样悬梁自尽，也不能像叶尔麦克的父亲那样割断喉咙去死。突然，他又想起了什么，提起了精神。哦，对了，这个混蛋原来是在向我报复呀！他父亲割喉自杀时作为村里的毛拉我说过这样的话："自杀的人是不干净的，不允许给他举行葬礼。埋葬的时候，要在他的坟墓里铺上带刺的荆棘。"现在，他这是要报仇，逼着我走他父亲寻短见的路！不，不，绝不！被千刀万剐也坚决不能那样做。如果真去死，那也得先让叶尔麦克这个丧尽天良的不孝之子先去见阎王爷。他活着给村里带来多少灾难，有他在，人们就没有安宁的日子。我一个老头活到六十七岁了，现在要豁出去了，这个该死的——

夏合勒拜在无意中骂了一声。这时候，他的后脑勺又狠狠地挨了一拳，他晃悠了一下，好不容易稳住了身子。

"骂谁呢？狗东西！"

"骂不要脸的鬼！"

"快走！"

夏合勒拜猛地转过身去，狠狠地瞪了他一眼，没再吭声，继续往前走去。由于天色已黑，叶尔麦克没有看出老人仇恨的目光。

夏合勒拜感到受尽了委屈。他心里想："该死的混蛋，看我怎么收拾你，这一切今晚就要结束！"他的情绪立刻高涨了，全身的血液沸腾起来。他环视周围的环境，河道上的水没有枯竭，在夜幕下静悄悄地流淌着。他想起流失的青春，想当年我还是年轻力壮，遇上这种没良心的祸害，轻而易举地收拾了他。看这条河，如果现在把他的头摁到这条河水里淹死就好了！他愤怒得几乎喘不过气来，嘴里吐着粗气。现在要和他较量，万一失手，那一切皆落空了。不但没收拾掉他，自己都死不瞑目了！夏合勒拜浑身直冒虚汗，眼睛开始充血，脖子上青筋暴出，眼睛不断地在周围搜寻。夜幕下，周围的一切死气沉沉的，只有那些干枯的树桩，像庞大的妖魔一样。他在黑暗中看到黑压压的悬崖，于是想："要不，装着逃跑，爬到那悬崖顶上，然后抱着他一起跳下去，摔他个粉身碎骨……"

夏合勒拜思绪万千，自己都不知道两个拳头紧紧地握着，发出咯咯的声响。他时而忐忑不安，时而筋疲力尽，越接近目的地，他的想法越成为泡影。可是，失去了今晚的机会，那后果不堪设想了，真是过了这个店，没有那个村，为了自己，也为了别人，绝不能放过这个机会啊！

没多久，隐隐约约地看到了旧磨坊。夏合勒拜决定无论如何也不能放过今晚这个大好时机。

旧磨坊里流出的渠水，绕过一座小丘，流回河里，入河处，水面较开阔。夏合勒拜想踩着露出水面的石头跳过去，不料，疲惫不堪的腿脚发软，一不小心踩到光滑的石头上滑倒了，很快水漫过了他的膝盖，他连滚带爬地爬到渠水边。顿时，他忘记了身上的沉重负担，想马上脱掉脚上湿淋淋的鞋袜，把水拧干再穿上。可是，他也明白，叶尔麦克不会允许他这样做的，因此他只得默默地往前走着。没走几步，脚下的寒气蹿了上来，浑身感到刺骨的疼痛，他开始瑟瑟发抖起来。

祸不单行啊！别提夏合勒拜心里有多少苦衷，本想着战胜命运的不幸，振奋精神，战胜邪恶，找回失去的信念，但是疑惑和无奈又充斥了他的心胸。他搞不明白，是信念会改变命运，还是命运会改变信念。他一辈子除了诵经行善，没做过任何违背良心的事。好人有好报，不知道自己为什么会落到这样的地步？该倒霉的不应该是自己，应该是作恶多端的这个混蛋啊！

他们已经来到了旧磨坊前面。叶尔麦克理直气壮地对夏合勒拜喊道："这就是旧磨坊，在这样黑沉沉的夜晚，你现在来证明一下你的胡言乱语！"

夏合勒拜诡秘地回敬了他："不是我作证明，是那个鬼自会证明的！"同时，他用眼睛瞟了一眼脚下那块碗口大小的石头。

这座旧磨坊坐落在深山里，村里流传着各种传说，使它变得阴森森的。

"快进去！"叶尔麦克指着旧磨坊，厉声命令夏合勒拜。旧磨坊的门板下面的几块木板早已脱落，破烂不堪的门下方分明就是一个大黑洞。

"还是你自己先进去看个清楚吧！"夏合勒拜用坚定的口气回敬着他，用目光再次扫了一眼那块石头，他决心已定，这个信号使他眼睛发红，面无表情，似乎有一团烈火烧遍了全身。

叶尔麦克看着这残缺不全的旧磨坊，那扇门像一个大黑洞，一股莫名其妙的恐惧袭了上来，他打了个寒战。此时，他尽管对"倔老头"对待自己的态度非常生气，可在这漆黑的夜幕下，这个"倔老头"也算是自己一个信赖的伴儿啦！他还清楚地记得，父亲早年说过的关于鬼的传说，他虽然骑虎难下，但是为了不丢面子，还得装出样子来，因为夏合勒拜刚才的话是对自己的讽刺和挖苦。他三步并作两步走到了门口。这工夫，夏合勒拜迅速捡起了脚下的石头，将要跟上去，万万没有想到突如其来的情况，彻底改变这一老一少的现在和将来。

叶尔麦克一脚踹开旧磨坊破烂不堪的门板，一步跨进门槛的同时突然发出震耳欲聋的吼叫声，那一刻，一个奇怪的黑影从老磨坊里面蹿了出来，把叶尔麦克撞了个仰面朝天。夏合勒拜捡起石头瞬间发生的一切让他目瞪口呆，过了一会儿他才回过神来，手里的石头也不知道飞到哪里去了。他急忙跑过去弯下身子看叶尔麦克，他一动不动地躺在地上，本来想要收拾掉他，可是这一刻，却暗自庆幸起来。转瞬间，另一种恐惧从他脑海闪过，这小子真的死了吗？如果死了，自己不是白白冤枉了吗？他马上蹲下去摸了一下叶尔麦克的脉动，发现他还有脉动，这下才放下心来。他连忙叫叶尔麦克的名字，可是他没有任何反应。于是，夏合勒拜颠着身子跑到水渠边，先往自己嘴里噙满水，再跑回叶尔麦克身边，把嘴里的凉水喷到他脸上。这时候，叶尔麦克才哼了一声，鼻腔也有了微弱的气息，可是还没有完全苏醒过来。夏合勒拜继续来回做着同样的喷凉水的动作。终于，叶尔麦克慢慢睁开了眼睛，好不容易抬起了头，才有所反应，他看着周围漆黑的一切，嘴里喃喃地说着莫名其妙的话："我这是怎么了？"

夏合勒拜装着什么都不懂的样子，还带着几分惊讶的神情回答："谁知道你怎么搞的，刚准备走进旧磨坊的门，突然大叫一声，仰面倒下去了。然后满嘴都说胡话，什么'来了，来了'的，像疯了似的。我只好一遍一遍地念经祈祷，你总算恢复过来了！"

叶尔麦克呓语着："好像被什么东西撞了一下……"

夏合勒拜马上接上他的话："你一定是见鬼了吧！你已故的老爸风风雨雨一辈子，乐天知命，是从不说假话的老实人，看来当年他真的是遇见过闹鬼的事呀！"夏合勒拜一边说着一边猛地站起来，嘴里不停地念经诵文，还左右摆弄了几下自己身上穿的山羊皮大衣的前襟，绕着叶尔麦克转了三圈，对着他深情地说："孩子，今天发生的事情，是因为你的所作所为违背了你父亲的意愿。关于今天的事情，你千万不能对任何人说出去，如果不这样做，后患无穷啊！"夏合勒拜迅速观察了一下叶尔麦克的表情，继续说："看看，你的嘴已经歪了！"说完老人"扑通"跪下，滔滔不绝地念起了较短的经文，并不断地为他祈祷："保佑，保佑你，让你很快好起来！"祷告完毕，他又摆了摆衣襟，从地上站了起来。

叶尔麦克低着头喃喃地说："请您原谅我吧！"

看来他终于清醒过来了。

"孩子，还是请求群众的谅解吧！"夏合勒拜更进一步开导他，"刚才那个鬼的魔力没有入木三分吧？现在赶快从地上站起来！"

叶尔麦克应声晃晃悠悠地站了起来，他还是惊魂未定，提心吊胆地说："魔力起作用的话会怎样？"

"嘻，孩子，问这些干什么？只要心里虔诚就是啦！"

"怎样做才是虔诚？"

"你到了这个年龄还不知道吗？从这儿开始，在返回的路上，连续不断地祷告，回到家后必须做到三至七天不出家门一步，也不要跟别人聊天。还有，找个机会，给村里加勒汗老妇人孤儿们送去一只羊吧，多多行善，你就会一切顺利。"

他们顺着来时的路返回。叶尔麦克紧紧跟随在夏合勒拜身后。一路上，他嘴里念着保佑的祷词。夏合勒拜毛拉看着他可笑的样子，偷偷地笑了。

夏合勒拜听人说过，秋天已故的合孜尔老人在旧磨坊磨过面粉，后来哈力别克家的黄狗经常出没，寻些残渣余面，说不准今晚发生的事情，该不会就是那条黄狗招惹的吧？！如果不是那样，这个混蛋小子遇上真正的鬼，不要说活着回来，早就去见阎王爷了呀！

老 墙

　　他嘴角夹着一根自个儿卷的烟，陆续吞吐着烟雾从家里走出来，站在院子里，从破旧房檐扫视到露出基石的墙角，然后向那矮小老墙望去。岁月在斑斓的墙上刻画的是年迈的裂痕，被雨湿润后更是滑腻至极。他心想："公社答应盖新房，都过了四五年了，到现在还不见动静。看，这住房像骨瘦如柴卧地不起的母驼。眼看着严寒的冬天就要来临了，现在，这刺骨的寒风把锋锐的尖舌头从门窗缝隙中伸进来，四处搜寻，不知我们该怎么度过腊月的严寒和顶风冒雪的二月？"他摸了摸刚被他干瘪的黑老婆唠叨过的耳朵，心里萦绕着一丝惆怅，沉重地叹了一口气。他用嘴唇夹住烟，接连吞了几口，然后习惯性地把剩余的烟把子扔到地上，急步走到破烂得像坟堆的老墙门口，顺手打开松松垮垮的院门，院门发出刺耳的嘎吱声。他跨出门槛走了几步，又回过头向矬矮的老墙和光秃秃的房子看了一遍。俗话说："急来抱佛脚。"他径直往老书记家走去，但老墙的阴影使他眉头不展。

　　他住的这间房子建造于1950年。现在已有三十年的历史了，属于老旧危房之一，就这样，他都住了十几年。这房子虽然在当年属于比较壮观的建筑，但经过岁月的洗礼，现在已是残垣断壁了。尤其是以古老的城墙围成，从来没有修补过，变成了与世隔绝的老房屋。当时，墙高得让人够不着个儿，渐渐地被风雨腐蚀的老屋墙体已裂开了缝隙，露出骨架，变矮了，最后……总之，这古老的房屋和老墙是一个时代的象征，不仅仅是象征，是那个时代的本身。

三十多年来，几批公社领导轮流住过这套房子，现在就属于这位马倌儿了。政府方面重视公共设施的保护，经过了几次小型的治理，但是没有把老屋从岁月的风吹雨打中保护下来。不说别的，自从这位马倌儿居住以来，也足有十年时间了。期间，缝补破旧衣服似的补救，没有什么大的援助，老墙陈旧不堪，已经到了极点。正如"钱财决定贫富，上天决定生死"，这一切也不怪他。近几年来，为了要房子，这位马倌儿像蚊子一样在公社领导的耳朵边嗡嗡叫。但是，他们犹如以未下的母牛奶为恩赐，对未建的房子抱着极大幻想，可未下的母牛乳房滴不出奶子，所以他仍在苦闷中挣扎。实际上，公社领导也不想欺骗这位马倌儿，正因为上面没有及时批下资金，所以不单单是这位马倌儿，公社的好多职工也住着破旧老房，他们都一样，除了耐心地等待，没有别的办法。因为，保障职工的住房是公社的责任，所以，大家只能耐心、冷静地等待了。

马倌儿名叫赛力克拜。他家和老书记的家相距较近。他在尘土弥漫的马路上慢悠悠地走来，心里梳理着该说的话。转过两个弯，他就来到非常熟悉的大院门口。老书记在门口往马背上安装马鞍，正在勒紧鞍肚带，看样子他准备出远门。

赛力克拜习惯性地提高嗓门问候："您好！马书记！"

老书记一看他是有事专来，立刻微笑着回礼："你好，你好！……来……来……进屋！"

赛力克拜的眼睛盯住健壮发亮的玉顶青走马说："马书记，您要出远门吗？那就不留步了，等您有空，我再来！"

在这位马倌儿精心驯养下特别驯服的玉顶青走马，也看着他晃动了一下脑袋，轻轻鸣叫了几声，似在问候。

"准备到牧业上去看看。"

"有事儿吗？"

"还不是为了冬天的肉食嘛。"

"那就不耽误您的时间了，下午我再来！"

"不要紧的，我到下午走也不迟。如果不进屋，在这儿说也可以吧？"

这位马倌儿见人怯生，此时，看到老书记客气，他就开门见山地说："从门窗的裂缝钻进来的寒流，让人不得安宁，看样子，寒冷的冬天里更不能安身了！"

"说的也是！"马肯书记感觉消瘦脸上的皱纹又多了几道，他点着头长叹一口气说，"我们向上面打报告都两年多了，一点儿声响都没有。最近又打了一份报告。如果他们同意批钱的话，明年一定要修建新住房。到时候，我保证第一个考虑你。你先将就将就吧！"

"要不，您就解决一点钱先修补修补，可以吧？"

"哎，我的好兄弟呀，正如阿凡提说的'如果现在有，我也分点儿，你也分点儿，有多好'。现在我们啥状况你又不是不知道！"马肯难为情地说，"除了这些，你还有别的事儿吗？"

"我儿子明年夏天就初中毕业了，您在这里能否给他安排个事儿干？要不，我年龄也大了，把我弄个退休，把他弄到我位上锻炼锻炼也可以，您看呢？"

"你儿子还小，让他继续上学嘛！"

"他上了八年学了，足够了！我和您都没上过学，还不照样一五一十地把政府交给的各项工作做好了。让他再上学，要开飞机呀？我就这么一个儿子，他干粗活，我心疼。想让他不占政府的一点财物，自己养活自己！"

"你说的也有道理，不过现在，先让他读书，到时候会有办法的。你还有什么要说的吗？"

赛力克拜看到马肯书记解开了缰绳急着要走，就说："您什么时候回来？分配马的事儿，怎么分的？"

马肯书记说："我赶下午上班前回来，在那之前，你把那些马都找回来，说不定也有你一份呢！"

赛力克拜猛然喜笑颜开，他很利索地把马肯书记从一边扶上了马鞍。

俗话说"好话鼓舞人心"，赛力克拜带着获胜的心情回到了家里。他的妻子头上围着掉色的蓝白头巾，露出两鬓，在歪斜的棚栏里收集羊粪块。他把好消息悄悄地告诉了妻子，最后他还简短地说："你把孩子们发动起来，修补修补房子门窗的缝隙，我得上班去了！"说完他急急忙忙地走了。

丈夫的好消息使妻子心里暖暖的，干瘪微黑的脸上泛起了光芒，眼睛也亮了。她把十二岁的儿子和相隔一岁的五个女儿都叫到身边。看到妈妈开心的样子，孩子们也积极地干起活来。她用面粉做成糨糊，把门窗上的裂缝用旧书皮粘起来，还从周围收集了些砖块、石头，用井水和了些泥土，修补了墙缝，又用碎石塞实了墙角的洞。这样，就像烂衣服补好补丁了，还能勉强蔽点风。一家子人好像是要迎接一件大喜事儿似的，不顾饥肠辘辘，齐心协力地把所有的活儿干完后，到晚上才坐下来喝茶。公社的老书记是她的表哥，表哥的好消息使她情不自禁地向丈夫回来的路上张望。自从取消私有制的这三十年来，别说一匹马，连一只羔羊也没拥有过，哪能不张望呢？如果在分乘畜的时候，就算分到一匹老马，那也算是福从天降啦！人们不是说："公家似大海，霸占是能耐，占不了莫哀哉！"谁没有从那海里打捞过？与其挨饿，不如想办法拿来填填肚子，也不错。再说了，赛力克拜每月拿的那一点点工资，还不是那大海的一滴水吗？像赛力克拜一样没有文化的农牧民们也不少，有几个能像赛力克拜一样从公家财政上领工资呢？不过，这不是因为赛力克拜有本事或能干。如果马肯不是书记，这个干瘪的黑婆子要不是和马肯是表兄妹关系的话，花落谁家还不知道呢！

干瘪的黑婆子进进出出，忙碌着打扫房子，还不停地向路边张望。她的脑子里闪过了很多事情，其中也有一丝疑惑飘来飘去。原因是：公社的乘畜区区可数，相反，抱希望的人多如牛毛。看书记的意思，谁骑的马子就归谁。而那些不能骑的老马，要根据情况分配，其中，就凭拥有"二十年马倌儿"之称的这个干瘪的黑婆子的丈夫赛力克拜，"根据情况"从剩余的老牲畜中就该有一份。

黄昏时分，赛力克拜合不拢嘴地牵着拥有"栗色神骏"之称的栗色老马回到家里。全家人看到他时，仿佛财神同这匹栗色老马从天而降似的感到无比喜悦。特别是曾在艰难的日子里受尽磨难，像风干的皮子一样烤得黑而干瘪的马倌儿的妻子加孜拉更是喜不自禁了。家里唯独一个宝贝儿子胡安喜也来不及擦手上的泥浆，急拥过来掀起门帘，如报喜讯似的向外飞去。

加孜拉的眸子里释放出喜悦和怀疑的光芒，她看看栗色老马又看看丈夫，说："栗色神骏真的给我们了？你不是在开玩笑吧？"

"真给了，老婆，你看，是你表哥给的！"丈夫喜眉笑眼地说，"现在，不要说人，连上天也不会从我们手里夺走栗色神骏了。"

"谢天谢地，太感谢我那个表哥了！"加孜拉绕着栗色神骏看了一遍又一遍，说，"多少年了，我们也够受的了，现在可以吃香喝辣，享享福了！"

"这牲畜今年十八岁了，一般马的寿命为三十年。还能骑它好多年。如果我们把它宰了，那别人咋说呢？"赛力克拜轻轻地抚摸着马鬃，看了看四周，把表哥怎么出面把这匹马给自己的全过程悄悄地告诉了妻子。

加孜拉微微翘起鼻子说："我说呢，没有我表哥，哪有你的份儿呀！当时，也是他好说歹说给你安排的事儿啊！"

"喜事不仅这一个！"赛力克拜神秘兮兮地说，"你身上破衣服的补丁还好吧，老婆？"

"瞧你说的，衣服烂了，又不是你缝补丁，是我自己缝，快别取笑了，说说！"

"马肯还答应，等我们胡安喜初中毕业后，也要给他安排个事儿干呢，也许会安排在我那儿。"

一听到这话，全家人都眉开眼笑地把注意力从栗色老马子身上转移到胡安喜身上。

加孜拉激动地说："哦，宝贝，你也像你爸爸一样能拿工资了，这就是男子汉，我的宝贝！"她抱住兴奋的黑蛋儿儿子胡安喜，在他额头上亲了一口，说，"记住孩子，领到第一份工资的时候，不要忘了要向你舅父表示一下，因为我们一家子人，从你爸到你都欠他的人情！"

双喜临门的事儿令全家人喜出望外，仿佛双手就要摘到天上的星星和月亮似的。

提起这匹栗色老马，想当年是因一匹誉称"土尔斯别克的栗色神骏"而出了名的。那匹走马的后代都遗传了这种栗色，都是优等品种的马。品种优马是罕见的，土尔斯别克的栗色神骏数量有限。总共有两群马。即便这样，历代出过多种走马，如：缓慢溜蹄走马、碎溜蹄走马、中速溜蹄走马、平稳溜蹄走马、轻飞溜蹄走马、飞快溜蹄走马等等。在公有制的时候，这些马群的种马到幼马，不分雌雄都分到大生产当中充当役畜或乘畜，因此品种大量下降，甚至濒临绝后。直到马肯担任公社副书记那年，他请了一个牧师，从一个嗜好马子的队长手里强行要回了剩下的这匹品种马，到现在整整十四年了，马肯从不让别人碰它的一根鬃毛，占为己有骑着。这匹马那时候的确是众人赞不绝口的走马。不高不矮的弓形脊背，奔跑时，后蹄超出前蹄印着地，在流星般的速度中马尾鬃发出嗖嗖声，地面印刻火焰形状的蹄印，尾巴上套的马鬃绳像细树条一样在四蹄下腾起的一团团尘土中摆动，像一支离弦的箭，就连那些赛马冠军也踏不上它的节奏，四蹄收拢，慢腾腾地被困在扬尘里，无法前进。牲畜的命运往往掌控在阿吾勒牧马人手中，就像栗色神骏，它的大半辈子在公社干部的胯下度过，没有参加过那些大户人家举办的喜宴庆典上的赛马，充当乘畜，有时套车，有时拉磨，有时套木犁，有时驮重货，有时拉桩子。不过，与其他马子相比，栗色神骏算是幸运的了。自从属于公社专用牲畜以来，不管秋季牧场和冬窝子隐藏着多少趣味和艰辛，栗色神骏在冬季里未曾受冻消瘦过，夏季里未曾减膘过。作为乘畜，难免有长途跋涉而劳累的时候，有整天拴在桩子上打盹的时候，但是苜蓿和饲料一年四季都从未间断过，不像其他同伙为填饱肚子，马不停蹄地奔波，时而消瘦，时而饥饿。夏天里常见的酷热或荒灾，冬天里刺骨的寒冷和皑皑雪灾使其他牲畜不是饥饿难耐，就是如箭穿心。所有这些，在栗色神骏的思想里根本不存在，连做梦都没梦见过，当然，在公社，作为公社领导的私有乘畜，享受这样的优惠待遇是应该的。一年下来，在秋末季节有几个月，栗色神骏可以在田埂自在地吃草，其余时间都在马棚里被饲养。夏天，栗色神骏没有到牧场品尝过翠绿的野草，冬天，它没有啃过冬窝子的干草，没有经历艰难险恶。总之，栗色神骏完全习惯于属于自己的马槽和割麦草，所以它别无所求，别无所恋，只是在它特别困、特别饿的时候显得无奈，就像马倌儿赛力克拜伸手向老领导求援一样，它只向主人生气地鸣叫几声，嘴里的嚼子发出窸窣声，显出一副很不耐烦的样子。然而，好景不长，在它年迈之际，安逸的日子发生了翻天覆地的变化，它的躯体由富人做主，性命由上天做主，过惯的无虑自由的生活，将要换成无情充满挑战的生活了。

加孜拉看着丈夫围着栗色老马转，他一会儿抚摸马背，一会儿梳理着马尾和鬃毛，丝毫没有要进屋的意思。她说："饿了吧？快进屋，茶早准备好了，就是等你等得茶都凉了！"

"我不喝了，你们先喝。"赛力克拜仍然沉浸在喜悦中，都忘记了自己还饿着肚子，他轻轻抚摸着栗色神骏的额鬃，说，"我把它放到马群中去！"

像鸭妈妈领着一群雏鸭似的，加孜拉领着孩子们进了屋，看到他们进屋后，赛力克拜解开栗色神骏的缰绳，牵着它向田埂那边走去，途中，他遇到做小买卖的机灵黑小伙子叶尔买克。

"祝你的栗色神骏带来福气，赛克，你的运气还不错啊！"叶尔买克笑呵呵地说，"俗话说得好啊，'有哥就有靠山'！"

赛力克拜笑嘻嘻地说："但愿如此，兄弟！"

"他们以多少钱的标准分的？"

"一百三十元。"

"不错，你不卖吗？我出一百五十元。"

"我要是把栗色神骏以一百五十元卖掉的话，别人会笑话的！"赛力克拜变得心灰意冷，他用冷漠的眼光看着叶尔买克。他最讨厌生意人，生意人都很贪心，是个骗子。他不喜欢在阿吾勒做糖、瓜子、干果等小本买卖，收买羊皮等"钻进钱眼里"东奔西跑的这个小伙子。他感觉自己很有警惕心，心想："想诱惑我，没门儿！"

"秋天，大羯羊才定了三十元的价。一百五十元卖掉一百三十元分来的十八岁老马，有啥笑话？如果明智一点，你就知道特别划算。寒冷的冬天即将来临，你家只有那点麦秸和麦糠，又没有袋装的黑豆和捆好的青苜蓿，栗色神骏能熬过这个冬天吗？"

"为啥熬不过？今年年景好，再说，冬窝子的草长得那么茂盛。栗色神骏凭自己的体魄，熬一个冬天算啥？"

"正因为这是栗色神骏，不可能在冰天雪地的冬窝子活下来！"

"车到山前必有路，到时候再看吧！"

"那好吧！如果有一天，你改变主意要卖的话，就随时跟我联系哦！"

赛力克拜打心眼里不喜欢这个机灵的黑小伙子，所以没再说什么，他转身牵着马默默地走了。

＊　　　＊　　　＊

田埂上还有些草，头几天，栗色神骏在外面吃着草。到十一月末，下起了入冬以来的第一场雪。赛力克拜下班回来，突然在房顶坍塌，像坟墓一样荒凉，只剩轮廓的旧公社老墙前看见耷拉着脑袋站立不动的栗色神骏。它看到很多年相依为伴的主人，两眼释放出光芒，鸣叫了一声。这牲畜比起以前瘦弱，变得憔悴了。赛力克拜把自己的腰带取下来，勒在它的脖子上，把它牵到自己家的院子里。因为秋天里收割的麦秸数量有限，所以一冬天把栗色神骏圈在马棚里饲养，是不可能的。因而，栗色神骏在马棚里吃着青草度过了美好的一夜，第二天，赛力克拜把它送到附近一个弟兄的冬窝子里，合到马群里。冬窝子的雪比较薄而且草长得茂盛。但是，没过几天，栗色神骏又返回来了，从此之后，赛力克拜坚持送了几次，都不见效。他经常在一片废墟的旧公社的老墙前见到渐渐消沉的牲畜，它像膜拜神灵的使者一样在那里站立不动。最后，在腊月头上，他把栗色神骏圈在马棚里饿了一天一夜，第二天，把它送到行程为一天之遥的亲家的冬窝子，合到马群中。回来后赛力克拜才算安静了下来。

在解除公有制，承包牲畜的这年头，新的乡政府成立，一个新的机构开始行使其职能。把原来的乘畜分配给职工自己所有之后，赛力克拜结束了马倌儿的职务，做起一些零碎的活儿，如：打扫院子、办公室，加炉子等后勤工作。干这些"女人活"他在心里不太乐意。那些得到乘畜、草地、牧场、耕耘田地的农牧民群众都说："三十年来，艰苦的日子里没有过过安稳的生活，我们像蚂蚁一样整天忙碌，照样填不饱肚子，穿不暖身子。现在好了，'孤儿有了归属，寡妇得到牲畜'。终于过上了幸福的生活！"虽然他也在嘴上这样说说，但对这一切他又感到疑惑，心里总觉得不公平："集体用三十年来的心血打下基础，用三十年的汗水建设起来的墙，让我们亲手摧毁，这是在干啥？集体不做主的话，那社会主义就不存在了吗？照这样下去，又分为富人和贫民阶级，不是又回到过去了吗？"这样沉重的问题压在他的思想里，压得他头昏脑涨，回不过神来。他忘了当时把栗色神骏占为己有的那种成就感。亲眼看到公社的乘畜，连公社马棚的梁子、椽子都被分配了，觉得很揪心。好比辽阔的湖水打出无数条支流，湖水从各个支流流干，变得很荒凉，他投以可怜的目光，自己像一根被遗留在岸边的孤木。

对赛力克拜来说，伤心的事并不是这些。有一天，他突然听人说："马肯就要调走了。"他无法安静地蹲在家里了。到黄昏时分，他向马肯家走去。当他进屋时，侧身躺在一边听收音机的马肯急忙抬起头，对任何人都平易近人的他，温和地接待了赛力克拜。

"请上座，赛克，请上坐！"他边说边把身子滑向一边，让赛力克拜坐在自己身边。

他俩寒暄了很长时间。从家里琐碎的事儿说起，寒暄到接近他心里最想说的事儿的时机，赛力克拜接过话题说："马书记，不知是别人的谣言，还是真的？听说您要调，有这回事吗？"他疑惑地盯住马肯。

马肯说："是，是，无风不起浪！"他抿一下嘴说，"上级政府让我到萨拉哈石村去干一两年。这把岁数了去一个人生地不熟的地方适应新环境，容易吗？我没有答应，我已申请退休。还是觉得该休息了，让年轻人干去吧！"

"哟！马书记，你这是何苦呢？老什么老，你还早着呢。不管是对政府，还是对人民你是有功劳的。再干上一两年也没问题，你就在这儿干也没人干涉吧！"

"现在时代不同了，再说上面在宣传'培养年轻干部'。不看时代，不看政府的形势怎么行呢？"

赛力克拜听了他的这番话，沉默了一会儿说："您是我们的靠山，这下完了！"他长吁短叹地说，"您走了，我们就没有房子，儿子就没有工作了！"

"我没把这些事办成，你就别生我的气。不过，也别为这些事太操心了。这不是你一个人的情况，好多人家都是这种情况。根据乡政府五年发展计划，拆掉现在干部职工们居住的路两边的旧房子，在那儿盖起个体户租用的新房。至于你儿子，继续让他上学，要不从那些房子中租间房子，让他开个商店或是开个饭馆。你自己选一块地，盖一套房子。向公社伸手要钱的日子已一去不复返了。看政策的发展趋势，我们以后的日子挺不错的。像以前你家里有两只山羊、五只鸡就是资本主义。现在，谁都不会看着公社的大锅饭吃饭了，自己的劳动果实自己享受。甚至，可以靠劳动致富。"

听了老书记的这番话，赛力克拜感到失望，他越来越觉得没心听下去了，沉重的问题压得他喘不过气来，便悄悄地离开了。他简直不敢相信自己的耳朵，垂头丧气地回到家里。此时，还有个不幸的消息正等着他，妻子告诉他，亲家传话说栗色神骏瘦得不行了，要他们尽快在两三天里带些草料，再慢慢赶回去。听到这个消息他暴跳如雷，叫道："膘肥体壮的栗色神骏都落到这个地步，何况别人，完了，都完了！"

妻子低声说："哎哟，一匹老马减膘，天又塌不下来，没有它的时候我们也照样过来了，干吗发那么大的火？"他看妻子没有抱怨之意，就把刚才马肯说的话一五一十说了一遍。听丈夫这么一说她也变得沮丧起来。他们习惯性地唉声叹气，像是听到噩耗似的阴沉着脸，按照惯例，他们心中一有委屈就钻进被窝里胡思乱想。儿子胡安喜听到他们所有的谈话，他猛地从被窝里抬起光头，说："我不想过你们这种日子。"

儿子盯着微弱的煤油灯光下耷拉着脑袋的父亲，说："如果需要开商店，让妈妈开去，我要上大学。"

"'父亲没打过野猪，儿子就能打天牛吗？'别说大学，连初中都还早着呢，别白费心思！"

胡安喜信心百倍地说："我们学校今年要办高中。班主任说：'如果你上高中的话一定会考上大学的，那样你的前途就光明了。'我们老师从来不说谎！"

夫妻俩听到这些，一个心里半信半疑，一个心里似乎有一丝希望，目光转向儿子。

"如果真是这样，那好，你就继续学，学到哪算哪。"赛力克拜全神贯注地看着儿子，"就让我一个人守着贫穷生活的魔棒吧！'有志者事竟成'，有坚信就有希望！"

赛力克拜的这番话是最后的决定。父子俩的心愿聚焦在同一个点上，微微发亮的煤油灯光突然发出强烈的光芒，驱散了刚才的阴影。

第二天，赛力克拜借了邻居家的马子，带上几捆草和一袋黑豆去了冬窝子的亲家家里。栗色老马就在亲家的牲畜圈里，赛力克拜一开始差点儿没有认出来。曾经，那一双明晃晃的大眼睛，浑身油亮的细毛，那竖起的耳朵，在头顶上犹如狐狸般敏捷地转动，胜过阿拉伯品种的栗色神骏。现在的模样不堪入目，浑身脏兮兮的，微微张开的眼睛布满眼屎，一条条肋骨明显地凸出，胯骨也向上翘着；一对耳朵像驴的耳朵一样耷拉下来。变得像一岁的马子那么小，瘦骨嶙峋。

看到这些，赛力克拜火冒三丈："哦，天哪！这个倒霉的家伙怎么了啊？难道是患病了吗？'马瘦一张皮'原来说的就是这个啊！"他不相信自己的眼睛，啧啧称奇地直摇头，左三圈右三圈绕着栗色神骏转。

"您看到那些了吗？"他亲家想平平他的气，指了指牲畜圈外的一群马，其中有几匹夹杂着卷曲鬃毛的马，"它们都是和这匹马一块在草场吃同一种草的马。今年虽然雪下得很厚，但气温却不是很低。地面上的牧草也比较多。也许在青黄不接的冬季，吃不上草的马匹们，用蹄子拨开白雪下面的牧草吃。而这匹马，从来没尝过冬天的苦头，已经习惯于马槽里现成的草料。日复一日，渐渐地消沉下去，最后变成了现在的这副模样。不过，我们在牲畜圈里饲养了一周，您看到的是它恢复了精神的样子，否则的话……"

赛力克拜给栗色老马喂了一整夜的草料后，第二天早上，他赶着这匹马上路了。一路上，他走一段路程休息一段时间，又用草料引诱它慢悠悠地向前移动着，两地间还住了一宿。第二天晚上，好不容易来到阿吾勒。栗色老马远远看到阿吾勒的影子才来了精神。被折磨得筋疲力尽的牲畜，一上山坡，看到老墙影子的时候，两只耳朵朝前竖了起来，并发出鸣叫声，用尽全力向前奔去。当然，它的目的不是整个阿吾勒，它最渴念公社的老墙。然而，它的力气也已经消耗殆尽，不到一里路，又得缓缓气了。

栗色老马喜不自禁，瞪大了眼睛，以为自己已经到了阿吾勒。而它的主人赛力克拜却想："在这冰天雪地里怎样找到饲料？我怎么养活它啊？"他为此绞尽脑汁，费尽心思，被折腾得筋疲力尽。

自从把栗色老马领回来后，有几天，赛力克拜东奔西跑找饲料。可是也没有人援助。自从承包以来，大家家里的牲畜也增加了数量，再加上接连不断的几场大雪，冬天显得很漫长，大家有计划的草料也变得紧巴巴的，连干草碎末子也不愿意随便给别人。就这样，赛力克拜彻底失望地坐在一边，又开始怀念当年自己手里取之不尽的公社的草料。

乘兴而来，败兴而归的赛力克拜和妻子商量之后，打发儿子去叫叶尔买克。没过多久，狡猾的生意人赶来了，他一进门就面带笑容地说："大哥，有事找我吗？"他摆出一副装模作样的神态。

赛力克拜看着他的脸色说："我想把栗色神骏卖了，就想起上次你说的话，把你叫来了。"

"栗色神骏是一匹活马的时候您没卖，现在变成一张皮，你要卖啊？"

"为此我也挺后悔的。不过，这不是一般的马，是品种马，是'神骏'啊！如果我有足够的草料，就不会这么做了。"

"'马瘦是一张皮'，过去是'栗色神骏'，现在和一张皮子有什么区别，谁稀罕呢？"

"你说的也有理，但是……"

"牲畜吃多少才能长膘，你比谁都清楚。"

"说的也是……"

"就在这样的隆冬时节，你白送，估计都没人要，做成标本放在公社的博物馆里还差不多。"

猎人像猎狗一样失去耐心。赛力克拜察觉生意人想着后果一点儿也不着急，他不耐烦而开门见山地说："哎，小子，我没想卖栗色神骏赚钱。"他盯着叶尔买克说，"就算现在皮包骨头，想当年，它也是人们眼中的宝，再加上十六年来，我亲自饲养，即便不是赛马冠军，也是品种良马。我们自古以来有讲究，自己家的良马老了也不会亏待，要么举行隆重喜宴时宰杀，要么是进行祭祀时宰杀，还把它的头骨挂在高处。可怜的牲畜如果挺不住死了，不就成了野狗、老鹰的食物了吗？比起别人，你家景好，家里的草料也多，拿去饲养吧！能熬过这个冬天的话，到明年，你定个价，我再掏钱把它买回来都可以！"

叶尔买克等他把话说完后，一本正经地说："大哥！我也不是要赖，也不是捞你便宜。我刚才见过栗色老马，已成柴干了。再说它一时半会儿，恐怕缓不过来。你让我收下我可以收，你说个价。"

"当活马也好，当一张皮子也罢，还是你决定吧！"

"那我就不客气了，说得不合适的话，你别生气。如果觉得可以，那我家牲畜圈里有饲养的几只公羊，从中你就挑一只。"他思索片刻后说，"再多了，我也没办法！"

过了一会儿，赛力克拜皱起眉头低声说："随便！"他深深地叹了一口气说，"如果说赛力克拜用一只羊换了栗色神骏，别人听了会笑话，马肯听了会更丢人，所以，你保证，别人问起来就说花一百多元买的！"

一笔交易结束了。赛力克拜觉得栗色神骏有灵气，就没忘掉按风俗换下马嚼头，留下它的唾液。但在他心里非常后悔。是因为有名的栗色神骏的时代已经过去，和一只绵羊相提并论，从自己手里飞走了，他的心里像刀割一样。他的身子靠在前面破旧的老墙上，很长时间目不转睛地望着叶尔买克牵着栗色神骏远去的影子，从一个拐弯处拐过去后，他叹了一口气转过身子。此时，他眼睛里代替瘦骨嶙峋的栗色神骏的是破烂不堪的老墙。一丝伤痛从他的胸腔向外扩散，使他呆若木鸡。

田 凫

夏季牧场，是游牧人心中的天堂。

明媚的 7 月，在曙光的照耀下，夏季牧场那片绿油油的草地伸展着腰身，展现出几分柔情、几分娇媚。

一片湛蓝的天空和辽阔的大地在曙光的照耀下，好像一幅缤纷的水彩画一样，孤独地飘散的几朵白云翻过巍峨雪山的阴面。

潺潺山泉从茂密的松树林中欢快地流向远方。两座洁白的毡房坐落在山泉旁，炊烟袅袅升起，在明媚的阳光下，又迎来了新的一天。毡房的男主人抱着自己的鞍具，从屋里走出来，他愤怒的吼骂声打破了周围的寂静。

阿依曼一直在收拾屋子，这阵她才有工夫闲下来，突然听到丈夫塞木瑟尔的诟骂声，她不禁浑身起了鸡皮疙瘩。

"你这人就是倒了八辈子霉啦！你就不会看一眼，收拾一下呀！"

阿依曼难以克制自己的情绪说："你这是怎么啦？大清早的……"

昨晚，塞木瑟尔解开拴在毡房旁的马牵去草地吃草，顺便走了一趟舅舅家，一直到很晚才回来，回来后发现卸下来的马鞍还在外头，就把它搬进了屋里。现在准备备马的时候才发现，马鞍上的皮制肚带被狗啃断了，所以他才是大发雷霆的样子。

"可惜啊！你就不操点心吗？这下好了，崭新的肚带让狗给吃了！"

"你的牙缝里塞骨刺，也要怪我，自己的马鞍自己都不知道收拾的，亏你还是个男人！"

"闭上你的臭嘴！你这条青蛇！"

"我是青蛇的话，你是条黑蛇，咱俩都是蛇！不过一窝蛇是不会互相残杀的！"

"去你的吧，一个干枯地，还自以为是'一窝蛇'呢！"

"我是干枯地，还是你是枯柴杆，这还说不准呢。'手枪打不准，怪罪娘子'，说的正是你呀！"

"是我打不准，还是你干枯了，也说不准呢！已经枯萎的土地上，不要说撒上一盆子大麦种子，撒上一麻袋小麦种子也不可能发芽的。"

"你以为所有爆发的声音都是钢金，一个哈欠也有声音，白开水虽然能解渴，但是又不能当饭吃呀！"

"放你的狗屁，你不怪自己不争气的肚子，还污蔑我的人格！你就等着瞧吧！"

俗话说得好啊，"一言既出驷马难追"，为了挣回面子，脆弱的女人在丈夫跟前陷入了困惑，像个惊弓之鸟。丈夫从外头冲进屋子，把手里豁开的马肚带扔在门口，取下挂在树枝衣物架上的皮鞭，冲向媳妇。她被丈夫气焰嚣张的样子吓了一跳，"惹不过就可以逃得过"，她本能地软下来哀求："我错了，求求你原谅我！"在关键时刻，她蜷缩在角落里，双手无助地在空中摇晃，但这次这些举动并没有起到任何效果，皮鞭在她的大腿和胯部狠狠地抽打了两下，她无处躲藏发出尖锐的叫声。不知是听到她尖叫的声音而起了怜悯之心，还是怕打断了她的某个部位，丈夫抽了她两下之后，扔下手里的皮鞭，转身走出了家门。

　　蜷缩在角落里的阿依曼侧过身子，难以抑制自己的情绪，伤心、苦闷、悲痛积压在心里，她不停地抽泣。遗憾的是，这次除了她的小姑子之外，其他人没有过来安抚她。她为自己现在落到如此可怜的地步而感到无助和气愤。她不为自己挨了一顿丈夫的打，不为自己肉体上的疼痛，也不为婆婆和小姑子们像以往那样向着自己、安抚自己而抽泣，她为自己的不幸，为上天对自己的不公平而感到悲痛，觉得自己对不住这个家族。如果她能为这个家添丁，那么她丈夫也不会如此狠心动手打自己，即便是打了她，她也不会像今天这样感到无助。

　　可怜的阿依曼因为怪罪自己，所以不会像以前那样倔强地闹脾气，卧着不肯起来。到了晚上，她开始忙碌着，似乎什么都没有发生一样。然而，事情并非她想象的那样，晚上，丈夫并没有回到自己家里，而是去了他们长房，在那里吃过饭，很晚才回来。回来也没有吭声，独自在毡房首席铺上被子，蒙头睡觉去了。看到这个情景，阿依曼的心更疼痛了，却没有勇气向丈夫开口说话。幸好，第二天早晨，丈夫在自己家里喝了早茶，然而，他像个哑巴一样没有吭一声。好的一点是，她婆婆和小姑子们虽然不像以往那样热情对待她，但对她还是淡淡地打了招呼。

　　夫妻之间这场冷战不像以往那样白天闹，晚上消，而是延续了很长时间，阿依曼变得憔悴不堪，如果没有亲如姐妹的小姑子，阿依曼的状况的确可想而知。

　　这场"冷战"并不是夫妻间小闹小吵的一个表现，而是内心挤压的悲痛在逐渐扩张的一个表现。

　　家家有本难念的经，但不提犯过的严重错误，一些鸡毛蒜皮的小事都会成为一个家庭矛盾的导火索。这对年轻的夫妻在两年前彼此较量过各自的脾气，那也是为了一些鸡毛蒜皮的事儿，撕破了自己的脸皮，最终没有得到任何好名气。

那次，阿依曼端来隔夜的剩饭。

塞木瑟尔莫名其妙地发起火来："要吃你自己吃，我才不吃中邪的剩饭！"

阿依曼不解地说："哟，你这是怎么了？什么中邪的饭，你这是见鬼了呀？"

塞木瑟尔小时候就听母亲说："剩饭要盖好盖子，否则会被鬼怪吐唾沫，人吃了那样的饭会中邪！"他从小受母亲严厉的教育，借此机会点出了妻子在这方面存在的不足之处。

"你难道没有受过父母的教养吗？孤儿都不会像你这样！"

"我不要你说我父母！"阿依曼愤慨地说，"我承认我是家里九个儿子后的一朵金花，具有女汉子的脾气，但是你也别忘了自己身上具有婆婆妈妈的女人性格。"

"你这个黄蝎，还想侮辱我，是吧？"

"我不是在侮辱你，这是事实。"

一个巴掌打在阿依曼的脸上，让她的双眼直冒金花。她明知道丈夫倔强、蛮横的脾气，却不顾一切站起来要反击，但是一个弱女子怎能抵得过一个大男人呢？丈夫把她摔在地上，拿起挂在树干上的皮鞭冲向她。他虽然没有狠狠地打她，但是看到龇牙咧嘴的妻子像个凶恶的母老虎一样，不但血口喷人，还要反击，便还是轻轻地抽了几鞭。从来没有挨过打的女人，落到如此下场，便忍无可忍大声吼叫着哭起来。她遮挡着自己的脸，尽量不要让皮鞭抽打在自己脸上。

"大清早的，这是干吗呢？"

塞木瑟尔听到从外面传来的声音，急忙把手里的皮鞭扔在地上，不知所措地愣在原地。阿依曼听到婆婆的声音，好像遇到大救星一样，瘫坐在地上抽泣。她从小在九个男孩子当中像万草丛中一朵花一样，此时，她多么希望婆婆向着自己说话，安抚自己受委屈的心，但是她想错了。

"你给我出来，塞木瑟尔！"听到一声严厉的声音，塞木瑟尔耷拉着脑袋走出屋子。看到母亲严厉的眼神，他悄悄地跟在母亲身后。

按照先辈历来传承的习俗，家里的老小结婚之后一般不会和父母分开，要和父母住在一起继承父母的家产。但是塞木瑟尔的母亲为了让一对新人有个暧昧的自由空间，将来自己抱养孙子，把家产继承给孙子，就给独苗塞木瑟尔专门搭了子房。

阿依曼从小被父母和哥哥们宠着长大，不要说挨打，还没有听过一句辱骂。她的尊严受到如此大的伤害。她不管小姑子们怎么安慰和劝解，抱着头蜷缩在原地不停地哭泣。

婆婆是一个生有八个千金、一个儿子的母亲，是一个理智、贤惠的女人，她在丈夫健在的时候就是家里半个顶梁柱。她一走进屋子，就教训儿子："一大清早，不说是以喜悦的气氛迎接崭新的一天，你还对着她大喊大叫，鸡犬不宁，你说，你这是干吗呢？"

"您去问她自己。"

"有什么好问的！你身为一个男子汉大丈夫，怎么舍得动手打你的老婆呢？她可是你将来孩子的母亲，不尊重母亲的男人生不出什么好儿子！"

"泼妇骂人——刺心，虱子咬人——刺身，都怪她自己。"

"不，你错了！她不是泼妇，她只是个直性子，刀子嘴豆腐心。她是九个男孩当中唯一受宠的千金，你不能因此而怪罪她，你应该知道，往往像这样果敢的女人就能生出仗义的儿子。相反，像你这样在一群女孩子中受宠长大的男人，又脆弱又窝囊。就因为这个原因，我们求爷爷告奶奶地把她娶给你做媳妇，让她像她母亲一样给我们家族生一大堆的男孩，你可要记住啦！"

"这些我知道，但是她不像您那样——收拾房子精干利索，她懒！"

"不！我的儿媳妇不笨也不懒，只不过像个没有调教的雏鹰罢了！这要怪就怪她的母亲。不过话说回来，谁也没有资格怪罪她的母亲，我的亲家母，如果说是一个富人家，也就罢了，一个家境一般的家庭，抚养一群狼崽般的儿子，给谁都不容易呢！"

"她做的饭也不如您，所以我有时候看不惯！"

"她可能还没有完全把握罢了，这好说，不过你可记住，话说'人类始祖夏娃是亚当的一根肋骨做的'，穆圣说：'女人是弯曲的肋骨，你要很好地利用她，如果你想要纠正她，那会断掉。'哈萨克人有句谚语：'母亲乳汁遗传的东西，不会通过牛乳遗传。'你不要为媳妇的一点儿不足之处，损坏你的男人形象。没有哪个男人改变过一个懒惰女人，想要改变这样女人的男人会伤害自己、累死自己。俗话说'好女人培养一个懒男人，好男人不会养好懒女人'，你媳妇有什么缺点，你就找我来，教育女人的钥匙在女人手里！"

对于塞木瑟尔来说，母亲对孩子的教育就是贤者的教规。

下午，婆婆过来劝解，安抚儿媳妇，抚摸着她的头，亲吻她的额头的时候，她才抬起头来。晚上，两家子人聚在子房吃了晚餐。这对新人不论白天怎么生气，到了晚上在热乎乎的床上，一切伤心事在暧昧中烟消云散了，好像邻家一对闹别扭的小孩似的，不到十分钟时间就和好如初了。

这次的吵闹让阿依曼吸取了教训，她克制自己的情绪，尽量不说那些伤人入骨的恶语。

在睿智婆婆的教诲下，没过多久，新媳妇在持家方面展示了自己的勤快，满足了挑剔的丈夫，惬意的日子持续了一段时间。

　　日子一天天过去，阿依曼怎么都不能抵挡又一个逐渐蔓延的阴影。主要是因为丈夫总是拉着长脸，没事找事儿，乱发脾气，偶尔会有铁锅盆勺叮当作响。就连她的婆婆也好像赞同儿子似的，摆出一副冷冰冰的样子。原因是结婚快三年了，阿依曼还没有怀孕，看过民间郎中、巫婆，但是都不见效。为了传宗接代，他们特意向生育九个儿子的母亲求亲，娶来的儿媳妇肚子没有任何动静。全家人的希望即将破灭了。阿依曼心里笼罩着乌云，但是却无能为力，除了认命，只能向上天苦苦祈祷。期盼、等待、焦急、悲痛的滋味只有她自己知道。

　　这次"夫妻大战"的失败、忽略、孤寂给了阿依曼沉重的打击。她不知道该怎样调解这种紧张的气氛，正焦急的时候，还是她丈夫主动改变了这个局面。

　　那天，单独睡觉的丈夫主动回到床上，搂着妻子，亲吻她嘴唇，还亲切地对妻子说："原谅我！"

　　"原谅什么？"阿依曼为回到丈夫的怀抱而高兴。

　　"我为自己伤了你而后悔！"

　　阿依曼轻轻叹了一口气说："这不怪你，咱俩心中的伤是一样的。"

　　年轻夫妻热烈的怀抱、肉体上的接触很快融化了结在彼此心中的冰块，心情豁然开朗起来。

　　过了几天，塞木瑟尔又给阿依曼带来了意想不到的惊喜。

　　"你有两年时间没有回娘家了吧？我知道你很想念父母和亲戚们，这次我要带你回一趟娘家，我妈妈也同意了，你也准备准备！"

　　阿依曼听到丈夫的这番话，高兴得热泪盈眶。的确，这两年她没有回过一次娘家，年轻的媳妇是思念娘家人了。

　　三天之后，夫妻俩带着大包小包出发了。他们看似不像回娘家的媳妇或是探望岳父家的女婿，反而像个专门去亲家的亲家人，大包小包一大堆不说还赶着一头大棕牛，形势很壮观。

娘家人看到远嫁的女儿和女婿这样壮观地回娘家，他们当然热烈欢迎了，并盛情款待了他们。三天后，塞木瑟尔不顾岳母家人的请求准备先回家，他对妻子说："你就放心地待在娘家，不要操心家里的事，再过几天，我自己回来接你回去。"

阿依曼离开娘家两年来，她挨个儿把亲戚家都转过来了。天天和自己的嫂子、妹妹们谈心，她心中的阴影也消散了。她不知道这样无忧无虑地还要待多长时间。

夏季牧场那清爽的黄昏，人们忙碌着挤牛奶，那是草原上最热闹的场面。这时候，家里老老少少不会闲待在家里，都会在牛群里忙碌。阿依曼也没有闲着，但是家里人不允许她提着桶子挤牛奶，于是她抱着小侄女来到挤牛奶的嫂子萨拉身边。年轻的萨拉是一个理智聪颖的儿媳妇，所以她在这个家里有一定的威望。她和阿依曼的关系也如同亲姐妹。

性格温和的人，就连牲口都会喜欢，萨拉那双软绵绵的、纤细的手指挤着棕毛奶牛的乳头，奶牛都感到舒服，它柔和地用舌头舔着刚刚吃了两口奶的牛犊的头。阿依曼用羡慕的眼神看着它说："这牲畜虽然上了年龄，但是奶水还这么充足！"

"是啊，它已经十多岁了，但是肚子一直没有闲过。"她嫂子说着转变话题，"你们送的那头牛也是……"她用下巴指了指独自站在一边的大棕牛说，"它真可谓是群牛之首，我就不明白亲家母是怎么舍得把它送给我们了呢？"

"我也觉得奇怪！她说送给亲家公和亲家母做冬宰畜，我也就不好拒绝了。它以前也没闲着肚子，自从我嫁过去后，有三年它就没有下过牛犊了。"

"看它的样子，好像还没到不下牛犊的时候，怎么突然就不下了呢？"

"是啊，我嫁过去的那年春天，它掉进冰窟里流了产，从那以后，它就年年不受孕。那次，我正好到河边去提水，正巧看到它掉进冰窟里。我为了救它，泡在冰冷的水里折腾了半天，然后我自己着凉了，病了一周多才好不容易康复过来。"

"那头牛不会是中了邪了吧，要不然，好好的，怎么会那样？"

"也许是吧！唉……它走了也好！"阿依曼突然想起婆婆把这头不受孕的大棕牛与自己牵扯起来说的一句话，她不开心地说。

嫂子听到这句话，猛地转头盯住她说："小姑子啊，你就不思念你的老公吗？"她好像想起了什么似的，转变话题。

阿依曼的脸色微微阴沉下来说："你问这个干吗？"

嫂子漫不经心地说："没事儿，我只是随便问问！"

又过了几天，依然不见塞木瑟尔的任何消息。对此，其他人满不在乎，但是阿依曼在心里开始着急了。

一次，阿依曼和萨拉单独在一起的时候，她向嫂子倾诉心事："嫂子，我怎么感觉有点儿不对劲？"

"说真的，我也觉得很奇怪！"嫂子焦急地沉思着说，"我怎么觉着，你们这次回娘家来有点儿不对劲！"

"哪儿不对劲？"

"你嫁过去已经有三年时间了，但是还没有生育。你们在家里有没有发生过关于这方面不高兴的事儿？"

"嗯！有过！"阿依曼耷拉着脑袋叹了一口气说，"我发现我丈夫特别是今年总是阴沉着脸。"

"那你婆婆和其他人呢？"

"他们也和往常不一样了！"

"你们看过医生没？"

"看过，没有任何效果！"

萨拉沉思了一会儿说："怪不得呢！"她叹一口气说，"这确实挺难办的……"

"这怎么能怪我呢？是谁的问题还说不上呢！"阿依曼含着委屈的眼泪说。

"是啊，虽然话是这么说，但是你知道吗？你老公是家里的独苗，先辈们说过：'一个儿子——半条命，两个儿子——有肺、有肝、有劲鬃，三个儿子——有羊群，四个儿子——拥有梯子能登天。'有个传宗接代的儿子是每个家庭最重要的事儿，如果没有这些，其他的就免谈了。"

"他有八个姊妹，怎么能说独苗呢？儿子是后代，为什么女儿就不是后代呢？"阿依曼为自己辩解，"这世上，别说儿子，连半个女儿都没有的人家有的是，他们还不照样过得好好的！"

"有句谚语'儿子是自己，女儿是足迹'，因为'女儿可以远嫁'，嫁出去的姑娘是不会为自己出身的家族传香火的，姑娘嫁鸡随鸡嫁狗随狗。相反，男儿在传宗接代的同时成为家族的顶梁柱，自古以来，男儿当家，保卫祖国。不要说一个家族，如果一个家庭没有一个男儿，那女人和孩子们的日子就很难了！"

"你说得都对，反正我是一心为家的'田凫'，任何人都不能替代我。"

"田凫不仅一心为窝，而且一心为自己的孩子，谁都不会为一个空鸟窝忙乎！"

"那你的意思呢？"阿依曼的口气有所软下来说。

"这，我已经和长辈们商量过了，明天是周末，我要亲自带你去看民间郎中。"

阿依曼没有再说什么，她们的谈话到此结束。

第二天早晨，她们起得很早，因为阿依曼在嫂子萨拉和小弟弟加那提的陪同下去看这一带最出名的郎中。

一个目光如炬，胡须花白，温和的人亲切地接待了他们。简短介绍之后，他展开了工作。他先给阿依曼摸了脉，然后用温和的声音说："几年前，在春季，你被冷水着凉过。孩子啊，你别着急，会好起来的，你的愿望也会实现的。"他嘴里念了几句经文，用丁香水给阿依曼驱了邪。然后对她说："你们的羊群里有只黑色绵羊，回去后，把它宰了，用它的皮子裹身驱寒，为了防寒，七日内不要出门，在家里多喝肉汤。"说完，他那褐色的眼珠子翻滚着，像是在思考着什么，然后，他转向坐在门旁的加那提说："孩子，你骑上你的马子，到西面那座小丘弯去，小丘坡上有两块互相挤压的黑巨石，下面生长着三撮芨芨草，靠近右面的芨芨草旁边有一种类似于蒿草的灰色草，你把它连根拔下来，拿到这里来。"

加那提迅速起身出门了，在熬茶的工夫他就带着那灰色草回来了。郎中把它拿在手里，抖掉根部的土，然后特别叮嘱阿依曼："这里总共有二十一根草，你每次拿三根放在肉汤里熬着喝。"

三个人兴高采烈地向郎中道谢之后起身准备回家，这时候，郎中叫住阿依曼："孩子，你家那头大棕牛的情况也和你一样，虽然是头牲畜，但是也怪可怜的。你们就别宰了它，好好地养它，到夏天最炎热的 7 月份的时候，在阳光当空照的大中午把它拴在河滩上，这样能给它驱寒。它浑身是宝，以后你们会看到的。"他又一次向她叮嘱。

她们一回到家里，就准备按照郎中交代的事情去做。日复一日，阿依曼感觉到总是发凉的手脚开始变暖，浑身有种舒服感。她预感到一种喜事儿的来临，于是保持着喜悦的心情。又过了一个多月时间，阿依曼虽然不见丈夫来接自己，但是她依然抱着希望，信心百倍地保持着愉悦的心情待在娘家。

就这样，阿依曼在娘家待了整整四十天时间。这天她和嫂子萨拉商量之后，选择吉日，由弟弟加那提陪同她回婆家去了。

两家相隔有一天的路程。一大清早，他们骑上马子出发，马不停蹄地赶路，到下午太阳偏西的时候，他们刚绕过阿吾勒右侧的山弯，这时，在门口忙碌的小姑子看到他们的身影，赶紧跑进屋里，向家里人报过喜之后，飞速跑出来迎接他们。其他人听到儿媳妇到来的消息，纷纷从屋子里走出来，好奇地望着儿媳妇还赶着那头大棕牛带领小牛犊，驮着大包小包走来。

阿依曼看到小姑子欢快地跑过来迎接自己，她心里想这是好兆头，于是她也敞开怀抱迎接小姑子，并亲切地亲她的额头。由于思念和高兴，所以她们俩情不自禁地流下了泪水。阿依曼一手拉着小姑子的手，一手牵着乘骑向家里走去，走近屋子的时候，她把缰绳递给小姑子，先是彬彬有礼地向毡房鞠了两躬，然后向婆婆鞠了一躬。婆婆看到除了命运不太理想，再也没有任何毛病的儿媳妇，挡不住心中的思念之情。当她看到那头大棕牛和小牛犊，预感到一种好的兆头，于是她疾步走过去抱住儿媳妇，亲吻她的额头，几滴老泪不由自主地从眼角流了下来。其他人也一一拥抱阿依曼亲切地问候着。只有塞木瑟尔心神不定地站在那儿，他的浑身一阵一阵地发热。

阿依曼原想按照规矩先进长房，还是她见多识广的婆婆温和地说："孩子，你还是先到你的屋子里去换个衣服，洗洗脸，再过来吧！"

阿依曼听到婆婆的话，兴高采烈地向自己的屋子走去，其实，她要的也是这个。

她疾步走到门口，看到丈夫跟在身后，他依然不自在地红着脸，她说："请！请进屋吧！"她掀开了毡房门帘。

塞木瑟尔的脸烧到耳际，他看到敞开的房门，蹑手蹑脚地迈进了门槛。阿依曼用眼光瞟了一眼站在外面的其他人，然后迅速走进了屋子。她一把抱住了惴惴不安的丈夫。

"原谅我！"当她说出这句话的时候一股热泪夺眶而出，"都是我不好！"

"说'原谅'的人不是你，而是我。"塞木瑟尔含着眼泪说，"我不应该那样对待你。"

"没关系！咱俩都是一个窝里的田凫。只可惜的是，我没能理解你那颗为要一个亲骨肉而焦急的心，我只为了一个空窝而焦急，窝里没有一只小鸟，有何用呢？过去，我对不住你，是我不好，是我太自私了！传宗接代是一个男人不可推辞的责任，是为列祖列宗争光的大喜事儿，子孙是一个家庭、乃至一个民族的根基。没有孩子的家庭、故土、民族有什么希望呢？"

"是啊，那不仅是我个人的责任，也是咱俩共同的责任，我需要一点儿时间，如果我真的不能生育的话，我保证不会辜负你和婆婆。不过，我有两个条件：第一，我不会离开这个家；第二，接班人的选择权归我。"

"我会依你，关于这方面的事儿，你就别再说了。我有预感：上天会赐给我们孩子的！"塞木瑟尔紧紧地抱着阿依曼，克制不住心中的思念，尽情地亲吻着阿依曼。

永恒的伤口

她高傲地坐在正前面，毫无顾忌，起身便从他们之间横冲直撞而过，两个小伙子目瞪口呆地望着她那扭着屁股远去的背影。

"哟呵！要我说呀，她不是妖怪，就是仙女下凡！"第一个小伙子不禁看得发呆。

"啊，飘香的味道让我陶醉，我晕了！"第二个小伙子闭着眼睛陶醉地说，"还在飘香，不信，你闻闻！是啊，她肯定是个撒旦。"

姑娘并没有在乎他们，摇摆着屁股渐渐远去。

忙碌的日子像一片巨浪翻滚的大海一样依然在继续。对于品味生活的人来说，处处充满了很多趣味，然而傲慢的姑娘并没有留意它。她那一副冷若冰霜的容颜，纤纤玉指似乎在拨动着寒风，步履间寒风凄厉，明亮的褐色眼睛盯着前方，瀑布一般的长发随着她摇摆的身子和高跟鞋的节奏在脊背上舞动，充满诱惑的乳房高高挺立着。她踏着轻盈的脚步向这边走来，美丽似乎只为孤芳自赏。

她在市歌舞剧院前面的花坛向右拐弯的时候，一直跟踪她的一个黄毛小伙子轻轻地跟上来悄声说："古丽妮萨！"

虽然没有被吓住，但是姑娘却一怔，猛地转过头，这下坏了，像变幻莫测的初夏的天空，从姑娘的眼睛冒出霹雳般的火焰，阴云密布在她那明亮的面孔。小伙子装作没有看见，欲从她身边走过去，此时，像是鬼敲门似的，第二个声音响起：

"古丽——妮萨，看在老天的分儿上，停停脚步，逗留片刻吧！我有话要对你说，就一句话！"听到近似哀求的声音，她慢慢地停了下来。

她停了下来，但她自己都不知道为什么要停下来，也许是因为小伙子说的老天的分儿上。可是她却没有想到从此以后给自己留下了终生的伤疤。

她超出小伙子两步之遥停下来，愁苦的眼神望着慢腾腾地靠近自己的小伙子。即便她多次对他说"另寻幸福"，但他总是说"自己爱得死去活来"。小伙子死缠着她，可在她心里他只是个陌生人罢了，他的这句心里话是发自内心的话，毕竟这是他的人权，他有权追求心爱的姑娘。只可惜他不顾姑娘的想法，利用最后一次的机会而做了件丢人的事情。

那天，哈萨克斯坦友情团文艺晚会的门票已经售完。古丽妮萨和身边的一群姑娘正在着急的时候，他出现了，不知道从何冒出来的，他说："小古啊，快来，我们进去吧！"他把一张票硬要塞进她手里。他的这一举动让古丽妮萨既感到羞耻，又感到无地自容，为了让他从此不再纠缠，她当着一群姑娘的面把票撕了个粉碎，并且对他一顿臭骂。小伙子名叫别肯，他垂头丧气地耷拉着脑袋，背着一群姑娘的耻笑而离去。从那以后，他从古丽妮萨身边消失了。

而今天，他像影子一样突然出现了，但是这次他不像往日那样死缠着她。

"古丽妮萨，你原谅我！我太自私了！"他搪塞着，"为了我个人利益侵犯了你的权利，我太愚蠢了！我后来知道自己错了，所以感到后悔，今天我来向你认罪，原谅我吧！"

古丽妮萨看到别肯的一副可怜相，听到他这番诚恳的话，她那冰冷的心有所融化了，并为自己身为女子却不顾一个男人面子的举动而感到羞耻，但是她还是隐瞒住自己的情绪，平和地说："没关系！只要你能理解，我就不会伤你自尊。不过，爱情，是心支配人的思绪，你要理解这一点。我的老同学，你就别怪我啦！"

"我哪怪你呢！所谓'姑娘美在仪表'，都怪我自己，只要你原谅我就是了！"别肯稍微放松了，他微笑着继续说，"我后悔我的所作所为。现在我唯一的愿望：你不把我当成挚友，就把我当成互相尊敬的学友就行了！"

"咱俩的同学情是天经地义的事儿，你真心这么想的话，那就不是什么'愿望'，只要你不记仇就是啦！"古丽妮萨的心像夏日的天空一样，她自己都没有觉察到自己像太阳底下的雪糕一样融化了。

别肯说："如果你说的都是实话，那就作为我们友谊的见证，利用一点儿时间，让我们到公园去转转，聊聊天吧！"

姑娘本来就利用星期天时间出门闲逛街，此时更不好拒绝，加上她心里也想"从仇人手里索取的一点也是收获"，于是便跟着他走去。

虽然她心里有些许不安，但毕竟曾经是同学，因此很快交流起来。他俩转了一圈公园，然后走进餐厅里。别肯虽然没有奢侈的生活习俗，但为了洗清自己的罪过，不只是嘴上的空话，而且以实际行动表现得很真诚。正因为他的表现，让古丽妮萨多疑的心像夏日雨后的阳光，一副喜笑颜开的样子。在分开的时候，别肯邀请她参加今晚在自己宿舍里举办的自己的生日 party。

在约定的时间，古丽妮萨来到别肯宿舍。他的宿舍在工作单位楼旁边。别肯邀请的人不多，只有别肯的两对男女朋友，他们是情侣。古丽妮萨心里有些不安，但是她无法拒绝像老朋友一样热情的接待。他们早已准备好了餐食，正在等待古丽妮萨的到来，她一到来，party便开始了。虽然人少，但是围绕着丰盛的餐食，小伙子们喝着"伊犁特曲"，姑娘们喝着"和田玫瑰香红酒"，不是碰杯就是敬酒，气氛很热闹。古丽妮萨以前虽然也喝饮料，但是含酒精的还从来没有喝过，他们逼着她："红酒能美容！"所以她抿着嘴勉强地喝着。一开始，有主题性的聊天，在吃喝中兴奋起来后逐渐变成了嬉笑的俏皮话和游戏。古丽妮萨渐渐适应了环境，红酒从她的肠胃渐渐渗透到她的血液里，她像出笼的孔雀一样光彩照人，开始滔滔不绝地说起话来。两对情侣的暧昧吸引了她的注意，看到他们沉浸在甜蜜爱情里的样子，她才感觉到自己的孤寂，隐藏在心里的一丝伤感开始泛起了波浪。

"我的巴扎尔，你喝吧！不过不要喝得上头了呀！"旁边的姑娘向一个叫巴扎尔汗的小伙子撒娇着说。这位水灵灵的姑娘名叫阿依江。

"宝贝啊，你就放心吧！我分享着朋友的喜悦，所以才多喝了几杯！"小伙子宠着姑娘，把她搂在怀抱里。

而这边这对情侣跳过一曲圆舞曲之后，白里透红的姑娘温柔地擦拭着小伙子额头上的汗珠。小伙子名叫加尔恒，他暧昧地抚摸着姑娘一头乌黑的长发，一只手搂着她纤细的腰回到座位上。姑娘名叫哈拉哈提。

音乐结束后，别肯对他们说："来，朋友们，我敬你们一杯！祝愿你们白头偕老，甜蜜爱情天长地久，愿你们幸福美满！"他高高举起手里的酒杯。

"谢谢你！"客人们轮流敬过酒后，巴扎尔汗斟满一杯酒，宝蓝色的眼珠笑眯眯地说："俗话说'礼尚往来'，我希望别肯和古丽妮萨也早日找到属于自己的另一半，成为爱情河里成双成对的一对天鹅，早日加入我们的行列。为此，我们再碰一杯酒！"

大家举起酒杯再次欢呼起来。

平日内向的别肯笑嘻嘻地看着古丽妮萨说:"我感谢你们的祝福,这杯酒我就替古丽妮萨喝了!"

古丽妮萨看到其他四个人都赞同他的话,于是她羞答答地说:"感谢你们的心意!不过,今晚的祝福应该是属于别肯同学。我祝福我的同学生日快乐,生活幸福,就敬这一杯酒!"她拿自己的酒杯碰了一下别肯的酒杯。

古丽妮萨在酒的威力下兴奋起来,觉得这一切是必然的,也是有趣的。

阿依江和巴扎尔汗正在跳一曲情侣舞曲。酒杯反射的光正照着古丽妮萨那双水灵灵的眼睛,她转过头望着别肯。别肯随音乐的旋律轻轻摇摆着身子,笑眯眯地望着正在舞蹈的两个人。他的这副模样似乎隐藏着一种神秘的吸引力,古丽妮萨想要破解这种神秘而用眼角偷偷地观察着他,愈观察愈发现从未见过的一种魅力。于是她从心里想:他的那双宝蓝色的眼睛充满了智慧,高挺的鼻梁和颧骨,加上那张瓜子脸是男人特有的魅力……

呀哦,他为了爱情,不顾一切地追求,怎么能说是自私、伪善、阴险人物呢?如果他正是那样的人的话,不要说今天为了自己所犯的错误而道歉,敞开宽阔的怀抱,他会歧视自己,会像毒蛇一样咬自己,当着众人报复的。那么古丽妮萨曾经爱上的那位老师与别肯有什么特别之处呢?和别肯相比他的确有过于大方和暴躁的性格。如果古丽妮萨像对待别肯那样对待他的话,那他会……哎!谁知道呢?如果古丽妮萨有头脑的话,她不会用那样龌龊的手段对待别肯的……他怎么那么有能耐啊?他为什么不看着自己呢?为什么不像当初那样诉说情怀呢?当自己浑身像烧化的铅一样熔化,正在昏昏欲醉的时候,将自己紧紧搂在怀里,让自己沉浸在男人那种酸如马奶酒的味道里，深深亲吻一下该多好啊！只要她心中的那个小伙子不知道就是了，这样又能怎么着呢？也许，他也背着古丽妮萨亲吻过多少个姑娘那张红润的脸呢？哦！怎样才能控制自己燃烧的心呢！

不知不觉中她和别肯头对头聊起来了。这时候，两对情侣因事要离开，他们站起身感谢别肯的盛情款待，别肯怎么挽留都没有留住他们。因为不是同路，所以别肯说要用自己的摩托送古丽妮萨回家，于是把他们送到门口。古丽妮萨要的就是这样的结果，但是在单独相处的时刻，让她有几分钟的紧张感，她的脸紧张得发烫发红，汗水从脊背渗出来了。她实在无法再待下去，于是从座位上跳起来，向门口走去，刚走到门口，别肯从外面走了进来。

别肯眨着明亮的眼睛说："你别紧张，古丽妮萨，我们当着他们的面还没有好好聊天呢！咱们一起喝个茶，聊一会儿吧！然后，我送你回去，时间也不早啦，你不能一个人回家。"

古丽妮萨不是被刚才的思想所紧迫，而是被羞涩所指控，于是转身回到原来的位置。别肯一边说着逗笑话，一边换新碗沏茶，他拿起喝完的红酒瓶，倒了满满两杯红酒："今天，我感到很高兴！但是，谁都不知道我高兴的真正原因！"他笑嘻嘻地说。

古丽妮萨好奇地问："是什么原因？"

别肯拿自己的酒杯碰了一下古丽妮萨的酒杯说："咱们先干了这杯酒，然后我会告诉你的。"

古丽妮萨虽然有一点儿犹豫，但是没有拒绝，她把苦甜交加中含有一丝迷人味道的一大杯红酒分两大口喝完了。别肯的宝蓝色眼睛紧紧盯着她，他又斟满了两杯酒说："说实话，我还不知道我的生日是哪一天。"他点燃一支烟说，"你不信，可以查我的身份证，我出生的时间不是秋季，而是 4 月份，而出生的日子是估计的日子，哪个牧民能记住孩子出生的具体时间呢？"

古丽妮萨惊讶地望着他说："那你今天安排的 party 是因为什么呢？"

"自从上次得罪你之后，心里一直有一种负罪感，所以我很后悔，不知道该怎样向你道歉。我有很长时间在你来回的路上等待你，今天就是最好的结果了。当得到你的原谅后，我有种卸罪感，似乎重新回到了新的生活中。具体地说，今天是我脱卸罪感，在精神上重生的日子。因此，我为了庆祝你对我的原谅和自己的喜悦而安排了此次 party，这个我只告诉你一个人。"

古丽妮萨半信半疑地望着别肯，白里透红的脸上一双明亮的眼睛湿润了，她说："是真的吗？"

别肯诚恳地点着头，把手里的酒杯递给古丽妮萨说："我说的是实话！"

古丽妮萨虽然想再喝一杯，但是一直以沉着战胜着心中的欲望，听到这番话她感慨万千，无法克制自己，接过满满一杯酒，一口气喝了个尽干。

宛如神狼般隐藏在心里等待大好机会的欲望，在一杯杯红酒下肚之后，像一只看见鲜肉的饿鹰一样振翅飞翔。无法控制的欲火在心中燃起，透明的红酒把她轻轻地拉进一种微醉的境界。

别肯朗诵阿拜的诗句："我黑暗的心，从不被照亮……"他形容姑娘微醉的样子，他说："古丽妮萨，你是我这辈子心甘情愿膜拜的爱情天使。你可以不爱我，但我会珍重你留下足迹的每寸土壤。"

这番话好像在一勺烧红的铅中倒了一块油似的，古丽妮萨的浑身都融化了。她满脸通红，一层朦胧的红纱蒙住了她的眼睛。她咽下干渴的唾沫，但她不愿松开理智的缰绳，心里一时在挣扎，但这只是像洪流中抓着细柳一样白费劲，不论怎么挣扎，她都失败了。她闭上蒙眬的眼睛，微微张开樱桃嘴唇，像被风吹动的嫩柳一样倒向别肯的怀抱。

等待大好时机的小伙子敞开怀抱疯狂地亲吻姑娘的脖颈，虽然他要的就是这个结果，但是这份甜蜜如天堂般的境界让他如醉如痴。一股热流传遍浑身，宛如火山爆发前的火焰流进喷口。接下来的一切离开理智的思考，在欲望的牵引下向前冲去。小伙子的嘴唇流出被姑娘咬出的鲜血。

古丽妮萨从迷惑中醒过来，发现自己和一个男人躺在床上。她惊叫着从床上弹起来，昨夜的情景朦朦胧胧地呈现在脑海里，她还没有理清自己遭遇了什么事情。别肯被她的惊叫声惊醒过来。

他惊讶地看着她说："出什么事儿啦？"

这一问，古丽妮萨好像疯了一样用恶语谩骂，用手捶打乱挖："你这个魔鬼！畜生！……"

一开始，别肯虽然感到紧张，但是很快知道事情的来龙去脉之后，为了让她安静下来，他没有吭声，任由她乱扒乱骂。但是事情并非如此。最终，他无法忍受她的谩骂和脸上挖出的鲜血，猛地抓住她的双手说："你这是怎么啦？你疯了吗？别忘了，这都是你自愿的！"

"呸！"古丽妮萨在他脸上吐了一口唾沫说，"你这个猪！"

"咱俩是在一个淤泥里打滚，我是猪的话，那你呢？"他把她的双手折到背后，一对乳房还在颤抖，别肯狠狠地亲了这对青苹果。她发出未驯小马受惊的声音，当她再次挣扎的时候他把她扔在床上。

这时候，古丽妮萨才发现自己一丝不挂的身体，便立刻拉被子想要遮掩，别肯把裹着自己下半身的被子扔向她，这时候他那毛茸茸的家什从双腿间露出。古丽妮萨瞪大双眼，呆呆地坐了片刻。耻辱的皮鞭狠狠地从她头上揍了一鞭，她疯狂地尖叫着，把头磕在墙上。

别肯为了不让她受伤，把她紧紧地搂在怀里，看着她泪流满面的样子，嘲笑着说：

"昨夜，你都差点儿把我吃了！怎么？吃饱后我就没味啦？哈哈……"

古丽妮萨把一口血唾沫吐在他脸上，唾沫流进了他嘴里。他发青着脸，用手掌拭去脸上的唾沫，吐了一口，倾泻心中的仇恨说："这就叫'以牙还牙'，你是怎么侮辱我的，我也应该怎样侮辱你。但是你这个傻瓜像一块新鲜肉一样，自己掉入我的嘴里啦！我不知道你是这么禁不住诱惑的女人，我过去把你当成仙女，连你踩过的地方都觉得那么地稀罕，现在，我才觉得自己是多么地愚蠢啊！我被所谓的'美女'迷惑，差点儿被你'侮辱'而亡。这也许就是所谓的'美女是魔鬼'吧！不过，我不遗憾。我虽然得不到你，但是让你见识了我的男人本色。让男人觉得自豪的东西，占有一个女性的第一次，我占到了，占有了女人给予自己终身伴侣的最珍贵的、最难忘的东西。从此后，你没有所谓的女孩之称了，你已经成为'女人'了。是我给了你这个赏识，而不是你未来的那个倒霉丈夫。俗话说'最先掀开新娘面纱的人最亲'，现在，你这辈子都忘不了的人就是我，只可惜，你在你未来丈夫面前不是一个清白的女人，这也是让我为难的地方。你跳进黄河也洗不清的，你像件破衣服一样，怎能瞒过你的丈夫呢？也许，你为了隐瞒自己罪行会采取各种措施，会想出各种诡计吧，但这有何用呢？如果你有福气的话，上天给你安排一个头脑简单的人。美人，你听着，如果你遇到一个自尊心很强的男人做丈夫的话，不管你长得多么漂亮，即便你是仙女，你也会抬不起头来，心中充满悲痛和耻辱，会后悔一辈子的。你要知道，像你这样大喊大叫地闹腾，也是你人生悲剧的开始。哟！你的声音怎么这么刺耳，你叫吧、喊吧，歇斯底里地呐喊吧！让所有人都听到你的声音，你也可以报警，让他们逮捕我！哈哈哈！当然，这些你都做不到，所以，最好的办法是遮好你已经破烂的身体，当什么都没有发生悄悄地离开这里。"别肯说完这番话，从床上下来，裸露着身体走进了卫生间。

古丽妮萨的泪水冻结在眉睫，一时呆呆地躺在床上，深深地哀叹了一声，抖着身子抬起头来。她那蓬乱的头发，加上泪水纵横交错的脸上已经失去了昨日那娇艳的光彩。乌云密布的脸庞，眼睛黯淡无光，神情木呆。她像一个黑夜里被埋葬的天使，丢失贞操和耻辱，被玷污的身躯用被子遮掩着。她狠狠地撩开被子，好不容易找到在欲望驱动下乱扔在地上的衣物，勉强地拿起地上的衣服。

以往那高傲娇美的躯体现在对她来说与死尸没有什么区别，此刻，她才感觉到纯洁和贞操一分都不值。当穿裤衩的时候，她觉得没有脸看自己的身体，于是，她紧紧地闭着眼睛，伤心地哭起来。好不容易把衣服穿在身上，却没有力气整理衣领上披着的蓬乱头发，一整夜被践踏的身子似乎已经不是自己的身子，像是灌了铅似的，她拖着沉重的躯体勉强地站起来，跌跌撞撞地走出屋门。她走到楼梯口突然停住脚步，愣呆呆地站了片刻，然后踩着梯子向楼梯爬去。一会儿，她出现在五层楼顶上，想要把自己从这五层楼上摔下去，以此了结自己备受屈辱的自尊、被玷污的身体和精神的伤痛。

新的一天在朝阳的照耀下拉开帷幕，她没有脸面对这一切，双手遮掩着脸庞痛哭，一会儿，她的手掌轻轻地从泪水布满的脸上滑下来。那双不舍与悲痛交加的眼睛看到一朵迷失方向的白云，那朵白云像一只小舟一样无助地漂泊在浩瀚的大海中，她俩的命运是多么地相同啊！泪水又从她的眼睛滴落下来，当她低下头的时候，看见自己熟悉的城市，一条条交错的公路、一幢幢楼房、公园和花园，还有她自己居住的那幢红色楼房像火焰一样映入眼睛，在她泪水中那火焰般的楼房渐渐地变模糊了，她母亲的身影逐渐扩大起来。"妈妈，请你原谅我！我没有珍惜你对我的养育之恩！"她喃喃地说，泪水像断线的珠子一样从眼眶里掉落下来。她任凭泪水尽情地流下来，感觉自己轻松了一会儿。她回想起自己在这二十年来无拘无束的充满欢乐的生活，现在，这些都变陌生了，没有任何意义了。她绝望地看着自己即将摔落的水泥地面，眼前模糊了，似乎有人在她的耳边催促她："快……快……快跳下来！"她再也不能安静下来了，立刻向楼顶边沿走去。突然，传来一声哀号声，回声在四周响起，站在死亡边沿的姑娘听到哀声突然紧张起来。突如其来的声音让她有时间再看一眼自己，她收回了向前迈出的脚步，惊愕地朝嘈杂声传来的地方望去。刚才已经变得冷酷无情的精神让她打了一战，一丝绿光撒向她黑暗的心里，一颗即将死亡的心像一只受惊的小鸟一样拍打着翅膀重新跳动起来，冰冷的灵魂似乎从这波浪中得到了一份力量。

她突然为自己刚才的所作所为而惊愕，具体说来，她被那一群人抬举的那具灵柩和凄惨的号哭声惊得打了一战。她从小听毛拉爷爷讲述过关于死亡的神秘和恐怖，像一条毒蛇般钻进了自己的脑海，从巢穴里即将惊飞的心魂立刻在黑暗和光明的边界处飞过去……

她昏迷了。

那一群人抬举的灵柩里躺着的冰冷尸体现在不是别人，而是她自己。

> 我的泉水已枯竭，
> 我的花园已凋谢。
> 苗壮成长的幼苗，
> 怎能是大骗局啊！

她母亲凄凉的哀悼声让躺在灵柩的自己都感到凄凄惨惨戚戚。她母亲说过："人死后，只留下躯体在坟墓里腐烂，而灵魂会到活人身边转悠。"的确如此，她清晰地感觉到人们把她的灵柩抬到为自己挖好的墓穴旁，再由两个人小心翼翼地把自己的尸体放入墓穴里，然后用土壤填满了墓穴。她受到惊吓，几次要挪动身体和大声叫喊，但是都失败了，人们念诵过圆梦经后离开了，人间的风雨渐渐远去了。"他们离开坟墓四十步之后，两个天使来到我身边提问题让我回答。"她正在这么想着，突然，从外面传来坟墓的阴森的声响，顷刻间，坟墓里面也响起了阴森的分裂的声音，漆黑的坟墓裂开了缝隙，出现了一个阴森森的黑洞，一条阴暗的光线射进来，照亮了坟墓里面，不知从何而来，一个粗壮的声音响起来："抬起你的头来！"

她的浑身像是触电似的打了一战，猛地抬起头来，从噩梦中惊醒，她的眼前一片光彩呈现。当她看到自己还站在五层楼顶的时候，不敢相信自己还活着，黯淡失色的眼睛疑惑地向四周张望，当看到自己居住的红色楼房的时候才从疑惑中走出来，一丝希望在心里悄悄地拉开了帷幕，一双眼睛在希望中泛起了光芒。向前方望去，她看到抬灵柩的人们渐渐地远去，于是她抖了抖疲惫的身体，害怕有人从背后把她推下去似的，立刻朝后退回来。

这时候，女人凄凉的哀悼声也从她耳边渐渐地远去。

似乎有一个怪兽在她背后紧紧地追逐着，她从惊慌中缓过神来，转过身迅速地跑过去，很快从五楼的楼梯跑到一楼的楼梯，这时候，她才松了一口气。她放慢脚步用疑惑的眼神向四周看了一眼，用手指理了理蓬乱的头发，整了整衣领，怕人见到自己烧伤的脸庞，用手提包遮住，悄悄地走出楼门。这时候她才感觉到自己身体的不适，但是比这个还要强大的精神损失让她的心如刀割。辛酸的泪水欲要流下来，但是她没有流泪，只是深沉地叹了一口气，心里暗暗下了决定，摇着屁股走进星期天逛游的人群中。

一双双眼睛又盯上了她那美丽的面貌和纤细的身材。

流血的榆树

　　庄严、深沉、神圣的宣礼声，在扇形沟口陡峻的峭壁上产生回音，划破了岑寂的黎明，这声音回响在空旷的山川峡谷中。这声音传到昨天傍晚刚搬到这里，在山崖避风处的平坡上，匆忙搭起的一顶窝棚般简陋的黑色小毡房中。这声音惊醒了毡房里因长途跋涉、疲惫不堪而沉睡的三个大人，他们立刻像弹簧一样从床上坐起来，一个是六十多岁的老母亲，极度虚弱的努尔依拉；她的儿子哈那哈提和儿媳加马勒，他们先是晕晕乎乎，而后是毛骨悚然，惊魂落魄地坐着静听。因为长年累月的劳累，生活的艰辛与窘迫，四十来岁的夫妻俩，已比实际年龄苍老。

　　听到这神圣而悠扬的宣礼声，他们先是惊慌失措，然后坐在原地不由自主地在心里祷告。悦耳的宣礼声宛如渐渐沉寂的钟声，传向远方，消融在天空中。渐渐地他们那颗紧张的心放松了，他们连忙穿上破烂不堪的衣装，起身各做其事了。饱经沧桑的老母亲好像想起了什么，若有所思地长叹一口气说："这样悠扬动听的宣礼声，我们有多长时间没听到了呀！"

　　哈那哈提这样附和着母亲说："唱诵宣礼词的长者声音既洪亮又深沉！"他忽然想起昨天在搭简陋小毡房时，这条沟上面的山头上站着一个戴白帽子，穿黑大衣的长者，他长久地看着他们。于是他若有所思地说:"我们已经逃脱了十恶不赦的马步芳的屠刀，结束了颠沛流离的生活，往后，只要能过上平静的日子就行!"

老母亲一边赞许着，一边吃力地站了起来说:"谢天谢地，看来我们真的是遇上了圣人，明明住在偏僻的深山沟里，只是搭了个帐篷，还像有清真寺的居民一样，虔诚地宣礼做祷告，确实是个忠实信徒啊!"

儿媳妇接上话茬说:"昨晚我们搭毡房的时候，正面山坡上那个拾柴火的小姑娘，我看她那副心神不安的样子很奇怪呀!"

加马勒显然心头怀有疑虑，有些话放在心底没有说出来。

善解人意的老母亲把事情尽量往好处去想，她说:"那孩子，也许是被人领养的呢，也许她是个孤儿，谁知道呢? 人家能发发慈悲就够不错了!"

三个人简短聊了几句，各自忙事去了。加马勒开始捅开昨晚埋起来的火种，架火准备早茶。干柴很快旺了起来，她把带钩的三脚架插在篝火上，挂上盛满水的早已熏黑且掉了嘴的茶壶，提起木桶走到拴着的三只山羊旁，开始挤奶。

回想起来，这十几年，仿佛是一场噩梦! 他们就像被赶出鸟巢的鸟儿一样，被迫放弃祖祖辈辈居住的故乡，像草原上的匙叶草一样被狂风卷起，成了无家可归的流浪者，在甘肃、青海一带漂泊游荡，历经了艰辛和磨难，受尽了人间的悲和苦，最后终于回到了故土巴里坤大草原。当初，他们是由七八个大家庭组成的一个小部落，经历这场磨难后，如今就剩下了孤苦伶仃的这一家大小五口人。曾经的几千头牲畜只剩下五六只羊、两头牛和一峰瞎眼的骆驼。但还是谢天谢地，与那些断子绝孙的同乡比起来，还算是够幸运的人家了。

想当初，加马勒还是远近闻名的大美人。她那苹果一样白里透红的脸、灿烂的微笑、婀娜的身姿，总会令人回头看几眼。如今历经岁月的磨砺、艰难的日子，她像棵干枯的青草、凋谢的花瓣，变得骨瘦如柴、容貌憔悴。尽管如此，吃苦耐劳、手脚麻利的她一如既往地操持着家里的一切。在一壶茶烧开的工夫，她就贴在三只山羊的奶头上像蜥蜴一样挤了半桶羊奶。瞬间，她摆上餐布，沏好了奶茶，可惜，餐布上没有多少食物。老母亲的娘家原是个显赫的家族，因此，她的前半生是富贵生活，可后半生落了个穷困潦倒的漂泊的生活。儿媳往木碗里放了一把麦粉，倒上奶茶递给了婆婆，丈夫和俩孩子前面放了里面装一点儿燕麦的破旧木盆，自己也端起了盛有一把燕麦的木碗。由于长期习惯于吃个半饱饭，所以这家人很快喝完这顿早茶。然后，每个人各自忙起来。还不到十岁的特鲁拜已经是父亲的小帮手了，他把那瞎眼骆驼拴到门口，然后去赶着两头牛和四五只羊放牧去了。哈那哈提骑上这峰骆驼去寻找维持生活的食物。加马勒忙着收拾这座简陋小毡房里的东西。五六岁的女儿坐在奶奶身边。奶奶也闲不住开始做起针线活，缝补千疮百孔的毡房毡子。加马勒收拾好房子，习惯性地拿起破烂不堪的麻袋出门去拾柴火。对他们来说，这里是人生地不熟的新环境，所以她不断地留意四周。一会儿她爬上东面的高坡，向四周眺望，在不远处沟壑边有两棵榆树，榆树旁有一顶灰色的帐篷，从她站的这个角度看，距离并不远，大声喊一声就能听到彼此的声音。她目不转睛地望着，不一会儿，一个男人从帐篷里走出来，他头戴白帽子，身穿宽大半长的黑袍子，留着大胡子。这个男人一出门就向这边张望，加马勒便转身走进灌木丛去拾柴火。

加马勒看到这里满地都是干柴，不用挪几步就可以拾一大堆，很快她的麻袋里装满了干柴、牛粪、柴苗根。同时她也不知不觉地来到了山沟尽头。正前方站着一个八九岁的小女孩，瞪着水灵灵的大眼睛正在看着自己。加马勒仔细地打量着这个女孩，女孩乱蓬蓬的头上围着一块小头巾，身上穿着摞满补丁的破衣衫，脚上穿着手工做得皱巴巴的旧布鞋。她好像在哪儿见过这女孩。小女孩骨瘦如柴，面黄肌瘦，水汪汪的大眼睛充满忧伤，薄嘴唇在发抖，好像要说什么似的，小女孩的神情分明有太多的担忧，一种莫名的恐惧，还带有渴望和祈求。突然，小女孩背后那棵榆树旁的帐篷里，传来尖厉刺耳的女人的叫喊声，小女孩惊慌失措，猛然间一转身往回跑去。加马勒还没有来得及搭上一句话，她长久地注视着小女孩的背影，惊讶和忧伤涌上她的心头。

小女孩走了，加马勒对她的疑惑有增无减，她背着柴火回到家里，把自己看到的一切一五一十地告诉了家人。次日，哈那哈提找了个借口，去探望了榆树旁的邻居家。他同那五十多岁的大胡子男人，只是在门口简短地聊了几句便回来了。回到家里，他向母亲和妻子作了详细的汇报："他好像到这一带定居的时间并不长，除了一顶帐篷没有什么别的东西。看来生活还算不错。房子附近种了些粮食。小牲畜有一百来只，除此之外还有一些马和牛。"

从这天起，这一家人一心想弄清楚那个小女孩的身世。加马勒每次去拾柴火，都要千方百计想方设法要遇到那个小女孩，可是总是见不到人影。过了十几天，加马勒一出门便远远看到了那个小女孩的身影。于是她疾步向那边走去，小女孩就像被惊吓的小鹿一样孤零零出现在附近的这座山头，不一会儿，她又出现在另一座小山坡上。很显然，她也在小心翼翼地观察加马勒的行踪，可是加马勒根本跟她搭不上一句话。

又过了一个多月，没有发生任何异常。从表面上看，两家做了邻居，可是，好像有什么东西隐瞒着，两家人依然处在井水不犯河水的状态。

这天下午，加马勒放下手头忙不完的家务，想在太阳落山前去拾点柴火，便拿起麻袋出门了。

附近的柴火早已拾完，于是她走到这条山沟最深处的灌木丛中。这里的柴火多得令人目不暇接，所以她专门拣那些粗根棒枝，很快装了一大麻袋。她背着沉甸甸的柴火刚要绕过那一堆灌木丛的时候，遇上了那个小女孩。其实，那个小女孩早已看到了加马勒，所以出现在这里。一大片灌木丛遮挡着小女孩，她眨着水灵灵的大眼睛，怯生生地注视着加马勒。加马勒看到小女孩感到惊喜交加。小女孩那发抖的嘴唇微微张开，可是说不出一句话来。

加马勒连忙问她："孩子，你是哈萨克族吗？"她微笑着，慢慢地靠近小女孩，俯下身子柔和地用蒙古语问："你是蒙古族？"

小女孩吞吞吐吐地说："我……我……我是哈萨克族。"

"叫什么名字？"

"阿……阿依曼。"

加马勒说："真好听，名字跟你一样漂亮。孩子，你怎么会在这儿？父母亲在哪儿？"

"都被杀了！"小女孩强忍着痛苦和恐惧，可是眼泪夺眶而出。

"可怜的孩子啊！"加马勒哽咽着，流下眼泪，她把小女孩紧紧地搂在怀里说，"逃出狼窝又入虎口啊！这没完没了的灾难什么时候才是尽头啊？"

小女孩就像找到自己的亲人一样，在加马勒的怀里抽泣。加马勒抚摸着小女孩的头，亲吻她的额头，两人抱头痛哭了一阵。加马勒开始安慰小女孩，可是小女孩哭得更伤心了。她边哭边诉说："去年秋天，我们阿吾勒的人遭到敌人的袭击，我和家里的牲畜被现在的黑胡子男人缴获，他去年年底携全家搬到这里来了。今年春天，他带上帐篷来到这个沟里安了家，买回了些牲畜，还种了庄稼。他的两个儿子已经成了家，他们还住在村庄里。"

最后，小女孩还祈求着："我求求您，这些话千万不要说出去！那个黑胡子老头太可怕了，是个大坏蛋。他监视我的行踪。如果他知道了，我就活不了啦！"

"放心吧，孩子，我是不会告诉任何人的！"加马勒向小女孩承诺，"要不，你就跟我走吧，我带你回家！"

"不行，如果我跟您走了，他们也不会放过你们的！"小女孩的眼睛里释放出恐惧的光芒，她焦急地说。"我有一个哥哥，叫霍勒波森，如果他还活着的话，终究会找到我的。我希望大妈您帮我打听打听我哥哥的下落，可以吗？"小女孩惊慌的眼神露出一丝希望。

加马勒看到懂事的小女孩，自己却爱莫能助，含着眼泪再次把小女孩搂在怀里抚摸着、亲吻着、安抚着。

小女孩抬头望着加马勒，扑闪着水灵灵的大眼睛，困惑地说："我看他们的样子，不会在这里待长久的。"

"为什么？"

"昨天我在外面听到他们说：'这里的居民们要联合起来准备打仗了。如果他们知道我们的底细，那后果不堪设想了。还是到村庄里躲避一下吧，往后再看着办。'他们是这样说的。"小女孩一字不落地说出自己听到的这些话。

加马勒听丈夫哈那哈提说过，在冬窝子居住的乌南拜、赛依提他们带领牧民开始对国民党反动统治发动起义，看来这个黑胡子也害怕他们起义。她也暗自高兴起来，心中产生了一线希望。她用衣袖拭去脸上的泪水说："孩子，你不用担心，总有一天你会见到你哥哥的！"

"您真像我的妈妈！"小女孩遇上了恩人，她一下子轻松了许多，刚哭过的小脸蛋上出现了一丝微笑。顷刻间，她那小脸蛋又沉了下来，有一种莫名的忧郁和恐惧阵阵袭来，时刻提醒她：此地不能久留！

"大妈，我该走了，再……见……了！"

"祝你好运，孩子，再见！"

加马勒强忍着眼泪，露出勉强的微笑说："别忘了，到溪水边洗把脸，哭肿的眼睛会好一些！"

"知道了！"小女孩控制住情绪，紧紧咬住薄嘴唇，但眼泪还是像断了线的珍珠一样落下来。

加马勒的心如针扎，她还是安慰着小女孩："我明白了，你千万要多加小心啊！"

加马勒帮小女孩把一大袋子柴火放在她背上。小女孩背起柴火左右摇晃着，迈着沉重的脚步往回走去。

愤懑、担忧挤在加马勒的心里，使她无法呼吸。她茫然地望着小女孩的背影。小女孩弓着背迈着蹒跚的步子，矮小孤单的身影从她的视线里愈走愈远了。

加马勒回到家里，把发生的一切告诉了她的婆婆和丈夫。一家人听到这一切，顿时，乌云笼罩在黑黢黢的小毡房里，仿佛昨日遭受的苦难又纷至沓来，老母亲伛偻着腰，半闭着充满了泪水的眼睛，颤抖着嘴唇说："这真是天下乌鸦一般黑啊！"

儿媳也跟着婆婆抽泣起来。哈那哈提的心像刀绞一样，他抬起低垂的脑袋说："都别哭了，眼泪拯救不了任何人！"他也愤愤不平地长叹一口气说："还是想开点儿吧！"

婆媳俩停止了哭泣，用头巾边角擦拭着眼泪。哈那哈提怜悯地看着这两个女人说："何时才是头啊？"

老母亲不知所以地叹息着说："我们女人啊，流流眼泪诉诉苦，只能在心里默默地祈祷！"

哈那哈提安抚着母亲说："您说得对！那些困难的岁月，你们不就是这样一边流着眼泪，一边抱着一丝希望祈祷着，不就挨过来了吗！"

"我们女人就像柳树条，被风吹得东倒西歪，只要不是连根拔起，还是会挺直腰身的；而男人是榆树，枝条一旦被折断了，就很难再重生了。"

哈那哈提虽然连连叹气，但极力克制着内心的痛苦。

加马勒在一旁听着母子俩的谈话说："那个小女孩怎么办呢？"

"我也在琢磨这个问题。"哈那哈提紧锁着眉头说，"我们要拯救这个可怜的孩子！可是，我们现在有什么办法呢？还是详细了解一下孩子的情况吧，看看能否找到亲戚或他们部落的人。"

"如果我们再拖下去的话，可能就没有时间了！"加马勒焦急地眨巴着眼睛说，"有可能他们会带着小女孩离开这里。"

哈那哈提困惑不解地问："为什么？"

"那个大胡子听到这一带的居民要联合起来发动起义，他坐立不安了，打算从这里搬走，不知道他葫芦里卖的是什么药？"

哈那哈提一拍大腿，不由自主地脱口而出："有办法了！"

加马勒惊喜地问丈夫："有什么办法？"

哈那哈提斩钉截铁地说："明天，我们搬家！"

"我的孩子呀，我们还没安顿下来，怎么说又要搬家呢？"老母亲惊讶得不知所措，抢在媳妇前惊恐不安地说："告别故土，辗转漂泊了十多年，我们还能去哪儿呢？"

"这次的搬家和往年的漂泊不是一回事儿，过去是为了保全生命而漂泊流浪，现在是为了找到安宁的居住环境！"哈那哈提信心百倍地说，"这次，我们要直接搬到乌南拜英雄的阿吾勒去。尤其一家子孤零零地居住在这样偏僻的山沟里，还不如找到集居的人们，那样我们就会更安全。我们还能和他们一起来救出那个小女孩。到时候如果找不到亲戚，干脆我们自己来领养她。"

老母亲和加马勒异口同声地赞同了他的建议。

这天下午，他们一家子人忙碌着收拾东西准备第二天一大早就搬走，因此他们睡得也较晚。第二天清晨天微微发亮，一家子人便起床了。他们喝过早茶便忙乎起来。

饱经风霜的老母亲一边收拾东西，一边不安地问儿子："孩子，今天怎么没听到宣礼声啊？"

加马勒附和着婆婆的话，疑惑地望着丈夫说："是呀，今天怎么这么安静？真是奇怪了！"

哈那哈提也惊讶地说："我以为睡过头没听见呢，该死的老狐狸可不能让我们扑个空啊！"

老母亲焦虑地看看儿子又看看儿媳妇说："大半夜里，我听到从山坳里传来的狗叫声，好像还有骆驼的鸣叫声，你们听到了吗？"

儿子和媳妇异口同声地回答："没有，没有听到呀！"

"当时怎么没叫醒我呢？"哈那哈提的脸色骤变，已经意识到情况不妙。

老母亲说："好几次我想叫醒你，可又一想，也许无关紧要吧，就没有叫醒你！"

其实老母亲怕叫醒儿子，怕儿子遭遇不测，就没有叫醒他。一整夜她辗转反侧，难以入睡。

"看来，该发生的事情已经发生了。"哈那哈提嘟囔着，一丝担忧在心里油然而生。

加马勒想起阿依曼那远去的娇小背影，悲痛像波涛一样涌上心头，纵横的泪水模糊了她的眼睛，她焦急地说："真是太可怜了！"她不知所措地叹息着，"小女孩会怎样？被他们带走了吗？"

灰蒙蒙的狭小毡房此时被一股阴郁萧条的气氛凝固了。

哈那哈提急匆匆地出了家门，他要亲自去观察一下大胡子家的动静。他想如果径直过去，会被大胡子发现，于是他爬上山坡，顺着山梁走过去。三步并作两步，他来到大胡子家旁边的小山坡，只发现那棵榆树，大胡子的家早已无影无踪了。昨晚，大胡子趁黑夜逃跑了，哈那哈提快步走到大胡子搬走的地方，这里已经变得空旷寂静，他心里想：大胡子即便在漆黑的夜晚搬家，也没有留下一点儿蛛丝马迹。如此干净利落，这说明大胡子提前做了周密的计划和准备，像小姑娘阿依曼说的那样，大胡子不是等闲之辈，真是难以置信啊！

哈那哈提环视着四周，他发现那棵榆树上有鲜红的血迹，心里嘀咕着："这家伙，准备得还够全面的，肉食羊都提前宰上了。"

他走到那棵榆树旁边，发现榆树根部的土壤是松的，那松软的土边角处，微微露出一撮头发，他浑身打了一个寒战，心跳加速，两条腿发软。他好不容易拖着身子挪到松土旁边，"扑通"一下跪在那里，嘴里呢喃着："怎么？难道地里长出了小辫子？也许，这十多年来，我们为了躲避敌人的魔爪，辗转漂泊。战乱夺去了多少人的生命，成千上万的人家破人亡，妻离子散，难道大地母亲大发慈悲，黑土地上生出了个小女孩，以此来安慰我们？"

他用颤抖的手小心翼翼地拨开一层一层的土，不一会儿，另一个小辫子也露出来了。

"瞧一瞧，奇妙极了，黑土地果真生出了个小女孩，而且还是活蹦乱跳的，长出辫子的小女孩呢！"

他继续用手掌拨开松土，露出了女孩的头顶，他震惊了。"五年前，我亲手把亲爱的女儿淑鲁盼送到大地怀抱里，难道大地可怜我，把早已离开人世的女儿送了回来？"

他恍恍惚惚，颤抖着嘴唇，深深地埋下头去亲吻小女孩的头顶。一阵寒风吹来，他不由自主地打了一个寒战，猛然间缓过神来，在一片深邃莫测的空旷寂静中，像有一种雷鸣般的巨响震撼着他，常年被压抑在心灵深处的悲痛从心底迸发出来，泪水像断了线的珠子一样滚落下来。

"不，不，不会的！无情的大地怎么能还我女儿呢？相反，它会无情地吞噬我们。最终，我们活着的每个人都要走到你冰冷的怀抱里。"

他的眼泪戛然停止，眼睛充血，脸色铁青，伛偻着身子久久地坐在那里。

太阳从黑色的山顶升起来，阳光照在他身上，偶尔传来几声鸟叫声，一阵清风拂面，他开始恢复了知觉，从噩梦中终于醒了过来。

他抬起头向远方望去，青草、野花、树叶依旧都在阳光的沐浴下闪闪发光，整个大地呈现出一派生机勃勃的景象。刹那间，一股暖流涌入他心田，他心想："如果没有大地母亲温暖而博大的胸怀，人间将会充满悲伤，人生也将会没有生存的意义！生命啊，你是多么地珍贵啊！"

哈那哈提从内心的隐痛和心灵深处无声的呼喊中挣脱了出来。

"是啊，黑土地是神圣的，她赋予我们生命，滋养子孙后代，生命一旦与这个尘世缘分已尽，死亡将带你回到大地静谧的怀抱。那里没有人间的悲苦。如果没有大地母亲的恩泽，人间将充满悲哀，生命最后的归宿回归的田园，还是大地母亲啊！"

"黑土地啊，你是多么地神圣，多么地伟大啊。"

他平静地张开双臂，用无力的双手缓缓地把身边的松土拢过来，埋起了显露的头顶。这才慢慢地、吃力地从地上站了起来，用厌恶鄙夷仇恨的目光往黑胡子逃跑的方向看了一眼，尽管他脖子上的筋骨都凸显出来，可紧咬的牙关没能发出"咯咯"的声响，紧握的双拳也没有发出骨节"啪啪"的声音。显然，年复一年、长年累月的磨难，残酷而血腥的杀戮，早已使他的身体极度虚弱，精疲力竭。但从他那忍着疼痛的怪样和依稀可见的镇定神情中，还能觉察内心并不风平浪静而思绪如潮。

"唉，我的造物主啊，我们不知廉耻，竟敢站在养主的立场上欺骗、出卖真主，哪儿有一点真诚和高尚可言？这对于一心一意信赖并寄托所有希望的同胞们是多么地不幸、多么地悲哀啊！"

雨 夜

夏日的傍晚，大自然有一种别样的情调，空气清爽，令人心旷神怡。

阿哈提今天捕到猎物，感到心情舒畅，正驮着猎获物向家里走去。他刚要从绿色丘林绕过，突然看到年轻小伙子从毡房出来，朝对面的小溪沟阿吾勒走去。这时，阿哈提面容愁云密布起来，他勒住缰绳，目不转睛地盯住小伙子，确认这个小伙子就是土罕拜的长子叶尔扎提。

叶尔扎提是这里有名气的艺人，他既是冬不拉手，又是歌手。俗话说"小伙子多艺，姑娘钟情"，阿哈提知道有很多姑娘暗恋叶尔扎提。过去，阿哈提也喜欢过他的才艺，但是，最近，他开始讨厌叶尔扎提，因为，他不久前娶的如花似玉、娇柔多情的媳妇古丽纳尔与叶尔扎提有藕断丝连的交情。他最近才知道叶尔扎提利用自己出门的时机，经常往自己的家里跑，与古丽纳尔幽会，今天也如此……

那天，古丽纳尔到小溪边提水，叶尔扎提以饮马为由，趁机在小溪边等候，并且拦住古丽纳尔纠缠了很久。平常，叶尔扎提看到阿哈提就会感到局促不安，如果他是清白的，就不会那样不自在吧？

阿哈提蹬了蹬向一边歪斜的猎物肉，用马镫狠狠地踢了一下马肚，眼睛里迸射出青光。

他回到家里，只是用冷淡的眼神试探妻子，却没有吭声。

第二天，阿哈提说："说好了，要和同伴们一起到山上去捕猎，可能会有几天不回来！"他带上食物出门了。

这一天，古丽纳尔从早到晚编织着床罩边的花纹边框带，然后又捻了一团羊毛线，直到快零点的时候，才疲倦地躺在床上。这时候，外面传来淅沥沥的雨声，随着雨声她想着自己简陋的生活和经常外出的丈夫。不知过了多久，她正要入睡的时候，突然听到门口小花狗汪汪的叫声，随后在男人的轻吼声中小花狗不再出声了。男人发出咳嗽声走近毡房。古丽纳尔从咳嗽声中认出男人，她披上外套，点燃煤油灯用一只手摸了摸怦怦直跳的心，用另一只手解开闩门绳。从门外刚要跨进门槛的小伙子，突然，一棍子从侧面打过来，他发出呻吟倒在她脚下。她吓得尖叫一声撞在门框上，两眼直愣愣地瞪着门口。

顷刻间，第二个男人像一头发怒的雄狮一样冲进屋里，用皮鞭狠狠地揍了两下昏迷在地上的男人，然后一把抓起妻子的头发乱揍起来，妻子那洁白的身躯被打得伤痕累累。

昏迷在地上的男人微微清醒过来，怒视着发狂的男人，踉踉跄跄地站起来，拿起火钳，狠狠地打在像猛兽一样的男人脖颈上，男人瘫倒在地上，他把他拉起来，扶到毡房门左侧面，然后提起一桶凉水泼在他头上，这个昏迷的男人惊醒过来，微微睁开眼睛。

"怎么回事儿？你发什么神经？"

阿哈提看了一眼面前的小伙子——小舅子拜木拉提，他眼睛失去了光华，脑袋耷拉下来。拜木拉提怒视他的目光转向啜泣的古丽纳尔，"姐姐，"他犹豫地说，"你们闹别扭了吗？还是他着了魔了？他从哪里冒出来的？"

"哪里闹别扭呀？"受惊的古丽纳尔两眼直愣愣地说，"哪里想到？

他说要过两三天后才回来的！一大早就出门了，走的时候好好的，说是要上山去打猎。"

"我……我……我错了……你们……原谅我吧！"阿哈提支支吾吾地说，"我还以为……你是叶尔扎提呢！"

古丽纳尔双手放在胸前，转过身去，晶莹的泪水从她眼眶滑落下来。

"他是你妹妹哈依夏的心上人，我只是在做媒……"她哽噎着说。

知道事情真相之后，拜木拉提消了气，他说："唉！冤枉好人哪！"他抚摸着挨过木棍的脖颈，突然想起妻子，慌张地说："姐姐，你弟妹说肚子疼，看来是要生了，她一个人在家里，快跟我过去看看。"

古丽纳尔立刻停止哭泣，跟着弟弟出门了。阿哈提依然耷拉着脑袋坐在原位。积压在他心里的愤怒像分娩时的阵痛一样过去，此时，寂静的夜晚传来淅淅沥沥的雨声。

狼之神

　　随着年龄的增长，萨毕提的心情也变得很沉重，像甲癣在心窝里撕咬一般。他浑身无力，犹豫不决地站在十字路口，不知往哪个方向去，好像有人把这个行路者逼上了绝路，使他不知所措、束手无策。一条通向遥远的冬牧场之路，虽然这段路路途艰苦、坎坷不平，但它是我们熟悉的路，不会让我们迷途，会把我们带回故乡。从这条路走过去，那边是自己的故乡，还有平民贫困的生活与平淡的人生。当然，即便你有一匹纤尘不染的骏马，如果股骨里没有膘，就跑不了多远，这是理所当然的。俗话说：没有钱的天赋，就像没有装食物的大木桶，叮当作响的时间长，还很容易干枯。有远大理想的萨毕提最担心的就是这个。

　　而另一条路是充满生机的绿色夏牧场，既美丽又是走向富裕天堂的阳关大道。他要去的地方就在眼前，耳边似乎有声音在呼唤他："到这边来。"这条路敞开怀抱，花枝招展地等待着他。从这条路走过去，那边是很多人向往的人间天堂。然而，这个天堂般的夏牧场的冬季比起它的美丽更显得寒冷。美国，是一个将整个人类的阳面和阴面表现得淋漓尽致的神奇的社会。在那里，等待他的是最好的工作岗位、高额的收入、美女玛丽娅、华丽的公寓、有名的轿车；这一切都在等待着他。萨毕提是来自游牧民族的儿子，因而他的脾性和风俗与众不同。那里是陌生的异国他乡。当然，他没有忘记先辈们说过的俗语：宁为本国的庶民，不做他国的君主。可是，好像不能用这种爱国主义思想的主张来衡量个人的命运。玛丽娅姑娘说过：任何时候，祖国的命运并不在于你一个人。首先，生存不是为了祖国，而应该是为你自己才对。一个为了自己而无法创造幸福和财富的人，为祖国、为民族去做有意义的事，是不太可能的事儿。所以，每一个人，首先要选好自己茁壮成长的土壤和飞黄腾达的基石才对。一个人对祖国的思想价值并不以这个人住在国内还是国外作为准则，而应该以他的志气和个人的成功，以及做出的贡献作为准则。有些追求个人利益和善于固执己见，不怕政权压制的纯科学活动家，不会由于国界受到限制，只要他们拥有进行纯科学工作的最好条件，他们在世界各地，都会为人类的幸福做出自己的贡献。因为这是为了整个人类幸福的真正科学，根本不是无法飞出院墙的家鸟，而是自由翱翔于世界各地的雄鹰。如果科学为有野心的政治口舌效劳，那么它早晚会成为人类可怕的敌人。世界上的各种杀戮武器就是它有力的明证。简而言之，在这种庇护下的人能够在自己的故乡和自己的那个时代创造辉煌，那么他们也能够用科学在整个地球上创造辉煌。他们不仅仅是自己民族和国家的骄傲，而且是整个人类的骄傲。当然，并不是每个人都能够拥有这种君主般的人生。因此，这是在这条道路上艰苦奋斗，拥有智慧、志气、勇气的人的共同目标。虽然都说脚踏实地是成功之路，但是它的金钥匙是把握机会。而它的动力、能量是充足的物质财富。好比无桨的小船把命运托付给自己的旅行者，别说它在波涛汹涌的大海中安全地把他们送到目的地，它连自己的安全都无法保障。所以，满足经济需求，不仅是社会上每个科学人员没有顾虑地工作的主要前提，这在平凡的生活中也是很重要的大动脉。无能之徒别说是别人，就连自己的幸福都得不到。虽然为别人而牺牲自己是一件崇高的事情，但是它能否成为最后的唯一的路途，那就不一定了。牺牲自己的价值不在于他怎样牺牲了自己，而只有用为了什么事儿而牺牲衡量时，才能获得正确的评价……

玛丽娅是与自己一起读完五年医学专业，在研究基因方面，一起完成博士学位，不以自己是贫穷、落后的亚洲黄种人而轻视自己，用她的全身心去热爱自己事业的美国大企业家的女儿（真名叫玛热依，萨毕提用自己所熟知的语言昵称她玛丽娅）。在他这句甜蜜的话语中，隐藏着像铁一般坚实的事实。不仅如此，还因为玛丽娅不同于其他美国同学，她有个人的人生觉悟和追求，这给萨毕提留下了与众不同的印象。他特别反对这样的结论：人性的自由不能受到婚姻的限制。他说：别说是人，就连动物都存在欲望和敌视，区分人与动物的界线是将私有配偶作为引子，从各自建立家庭开始。因此，婚姻与家庭是人类最初的标志和价值。犹如人的自由得到保障，社会上所有的人在法律面前不自由，婚姻的自由是在每一个家庭中的婚姻或者在家庭面前得不到自由的，属于我们个人命运的一个很重要的价值。当然，经过上千年的考验而形成的这种风俗，很久以来是一个坚定不移的严格的规律。而且婚姻的自由与科学和文明的发展相适应，这也应该臻于完善才对。可惜的是，在发达地区，这种自由要与发展相对立似的，现在却向另一个方向发展着。如果消除了法律的作用，那么社会就会大乱；如果婚姻没有约束，家庭中就不存在和谐。因为，婚姻是家庭的堡垒，而家庭是婚姻的堡垒。将感性的婚姻放在首位，就像把权力置于法律之上一样愚蠢。从一定意义上说，这是回归起源的一种改良现象。人类社会上同一种族的恶毒之人从四面八方张牙舞爪地挥霍，就像魔鬼一样成为了他最忠实的助手。认为最可怕最阴险的魔鬼就是超越了唆使的可怜的真理，最让人惋惜的是：

即便知道了这一切，很多人即使享受着一帆风顺的舒畅的生活，他们也会献出自己珍贵的生命，而且为此遭受着痛苦与悲伤。如今正在发展的人类社会，别说是人们以前的思想达到了就连现在年轻人都无法想象的程度，尽量让它处于辉煌的状态，为此承受着非常沉重的痛苦和悲伤。能够治愈从现实发展开来的种种痛苦就是这个痛苦的摇篮。虽然可以在大自然中找到，但是从"黑色文明"发展开来的这种痛苦没有任何治愈的方法，那只是将人类逼上绝路。所以，有时候他会有可怕的想法：迅速发展阶段的社会无限制的自由，会不会开启人类世界末日之门。

玛丽娅姑娘的传统思想非常稳固，她具有与亚洲人的智慧相结合的与众不同的观点。这使萨毕提更加相信自己的选择是正确。可是，玛丽娅认为最有利于自己发展成长的土壤就是自己的国度，她不顾自己多么喜欢萨毕提，就是反对与他一起回到萨毕提的故乡。用她自己的话来讲："与西方发达国家相比，你们的国家有好几十年的差距，所以，理智的、属于生命意义的理想牺牲感性的恋情，是走向人生目标的背叛，是不能赔偿价值的牺牲。从科学的角度来说，就是最大的错误。"

从男人的角度来说，萨毕提庆幸他的生命中与这样一个聪明的美人相爱，如果他与有着共同爱好和理想的玛丽娅姑娘分手，那么他以后的人生道路上不会再次遇到这样的姑娘。他将玛丽娅看作自己的幸福，不仅是为了生活，还认为她是他走向西方的担保人和金钥匙。萨毕提的不舍不仅仅是为了这些，还有五年来培育自己成长的母校和高额收入，他完全可以利用这最好的条件，递上他留校工作的申请报告。他出生在贫穷家庭，所以他觉得财神爷正在向自己挥手。他深知自己回国后须白手起家，即便是自己的国家为他提供最高级别的待遇，也不如这里普通人生活水平的十分之一，这不是所有人都能拥有的机会。当失去这种机会的时候，谁会保证最终不会陷入悔恨的深渊？玛丽娅说过："几千年来，生活在闭塞、不发达地方的人民就像麻雀，不想远离自己的巢穴，即便想离开，也没有勇气。"这句话也有道理啊。萨毕提一说起自己的国家、故乡和父母亲，就像被别人割了喉咙似的，不想远飞，不就像那只可怜的麻雀吗？要不然，没有萨毕提，他们就无法生存不成？先辈们讲过：狼的食物在途中。麻雀从一棵树上飞落到另一棵树上，并且在树的缝隙里搭窝；而猎鹰从一座山飞向另一座山，落在很多巍峨的山峰上，搭建巢穴。可是……

萨毕提独自一人在宿舍里来回徘徊，绞尽脑汁也没有作出任何选择。他感到很苦恼，最后，他深深地叹了一口气。他像是在寻找什么东西似的，翻着放在窗前的皮箱。这是他想念故乡，感到郁闷的时候反复的习惯性动作。他从箱底里拿出用手帕包裹的最后一小块家乡的酸奶疙瘩，然后用小刀切下一小块，放进嘴里，如饥似渴地吮吸着，最后把剩下的酸奶疙瘩重新裹进手帕里，放回了原位。然后，他开始翻阅五年来成为他的精神支柱的家乡的照片。从照片里看着父母亲、远亲近邻、亲朋好友，一丝惆怅又萦绕在心间。他一张一张地翻看了很长时间。当他翻到最后一张时，呈现在眼前的是一面国旗，他的心脏就像一匹马驹一样欢跳起来。出国之前，他把老师送给他的这张照片放在了影集的第一页，由于他是从最后一页往前翻看相册的，所以他最后才看到这张照片。这五年以来，无论他看了多少次，也没有像今天这样感动过。望着这张照片，他深深地吸了一口气，然后眨巴着浅棕色的眼睛，合上手中的影集，放回原处，又继续翻皮箱。无意间，在箱底他发现了这五年来忘却的一个小小的手帕包裹，他赶紧打开了小包裹，里面是他十几年间曾一直陪伴着他的缺了一角的狼髀什，看到这狼髀什，他愣住了。他为自己怎么会忘记这个像护身符一样珍贵的东西而感到惊讶。自从他上中学以来，这个髀什从来就没有离开过他。它只有指甲盖那么小，而且它不是普通的髀什，而是狼髀什，是一匹神狼的髀什。萨毕提将这个狼髀什放在手心里，翻来覆去地看了很长时间，思绪不由自主地回到了十几年前的童年生活。

　　一个人在孩提时代，什么都想模仿，萨毕提也是这样的孩子。他当时特别喜欢饲养野生动物。这也许与他的父亲爱好打猎有关吧。当时，由于没有像现在这样保护野生动物的法律，谁想打猎就可以打猎。萨毕提的父亲米尔扎别克有五种捕兽器，一提起猎物他就会兴奋起来。米尔扎别克是这一带的护林人，所以在他管辖的范围想干什么就干什么，像狮子王一样。他除了挎着猎枪打猎，随处安置捕兽器之外，还擅长放猎鹰、游隼、猎狗进行捕猎。萨毕提从小看着这些长大。俗话说，猎人的孩子能削子弹。小时候，他就喂养鸽子、渡鸦、鹧鸪和狼崽等。后来他还驯养了父亲抓来的黄羊、狍鹿子和雪鸡的幼崽。在这些动物当中，其他的动物都被他驯服了，可就是拳头大的灰鸟——鹧鸪与众不同。无论他想尽什么法子喂养它，都没有调教好它。于是，他把鹧鸪关在铁笼里，亲自给它喂食。为了让它熟悉自己，把它放在自己的房间里喂养。可是，鹧鸪只要长了翅膀，有了逃脱的机会，就个个扑棱着飞向山里。有一天，摸不着头脑的小萨毕提询问了父亲其中的原因。父亲回答："别看它小，这是一只与众不同、品种优良的鸟。"父亲稍微思索了一会儿，接着沉稳地回答，"它是名副其实的鹧鸪。无论它们相互呼唤，还是一起歌唱，都会发出'鹧鸪、鹧鸪'的叫声。这也许就是它们同类引以自豪的原因吧！也许就因为这个原因，无论人类怎样引诱，它们都不会亲近陌生人和陌生的地方。世上谁能比得上坚贞不渝的追根溯源者啊！我的孩子啊，你要记住，如果你宰一只鹧鸪，千万别忘了吃它的心脏，它会滋养你的心脏。"这最后一句话是米尔扎别克随口说出来的话语，但是萨毕提对这句话坚信不疑。就这样，他完全相信，无论你怎么做，鹧鸪也不会忘记自己的群体和故乡。从那以后，他再也没有喂养过鹧鸪。那么，他是否吃过鹧鸪的心脏？如果他真的吃过，究竟吃了几个？对于这一点，他到现在没有一点印象了。

有一年的夏天，父亲为萨毕提抓来了一只出生不久，刚会走路的狼崽子。以前萨毕提只见过狼皮，还没有见过活的狼，当时甭提他有多高兴了！事情并没有就此完结，没过多久，米尔扎别克从别人那里牵来了一条猎犬。这条狗原先的主人走时，说："虽说它是一只母狗，但它是一条真正的良种猎犬。你们是不会驯服了它的。只要它不袭击你们就是了！"

狗主人把他的猎犬说得很玄乎。

后来，正如他所说的那样，这条猎犬非常威猛。即便把它用锁链绑起来，它也不让任何人接近它。看见它凶猛的样子，萨毕提担心它会伤害那只狼崽，就对父亲说："您怎么弄来了这条两只耳朵像木桩一样讨人厌的猎犬？您要是不让它消失，早晚有一天它会闯祸的。"这时他父亲说："放心吧！我的孩子，它只是一条狗，不会有事儿的。"父亲咯咯咯地笑着说，"我觉得如果让这条狼崽学着这条猎犬长大，那么狼崽会不会忘记它的本性呢？如果它们果真能够和睦相处，将来它们会生出真正有公狼血统的新品种。"

没过多久，正如父亲所言。好几天没有进食的这条猎犬喝了父亲准备好的掺了鲜奶的酸奶，它像神灵附身似的，一天之内就向这家人摇头摆尾了。从这以后，米尔扎别克让萨毕提把狼崽与这条猎犬放在一起喂养。任何一个没有受到玷污的幼小生灵都是很可爱的。由于萨毕提特别喜欢这只狼崽，所以给它起了个名字叫"阔克诈勒"。可是家中的其他牲畜不顾狼崽有多可爱，都用警惕的眼睛看着它，还差点儿要了它的命。小萨毕提没有弄明白这是为什么，有一天，他又向父亲询问了其中的原因。父亲说："牲畜知道这是它们的天敌，也知道它早晚本性难移，所以才会这样对它始终提高警惕。"

狼崽很快就长大了。它越长，身上狗的特性逐渐消失殆尽了，表现出狼的本性。这只狼有几个月用铁环紧锁在铁桩上，这就是世人所知的"阔克诈勒"的后代，它整天绕着铁桩转圈长啸，别说让它跟猎犬"师傅"学习，反而让猎犬跟着它一起长啸起来。"阔克诈勒"耳朵竖起来，毛色变成深灰色，眼神也越发通透了。它狰狞着张开嘴巴，露出锋利惨白的牙齿，用长长的红舌头饥饿地舔着自己的嘴脸。从它的眼睛射出一种浅蓝色的光芒，因此，所有的牲畜都不敢靠近它。"阔克诈勒"有时候还会不停地摆动着尾巴撒娇，有时候夹着自己的尾巴在地上慢慢地爬动，有时候受惊似的向后跌倒。它和猎犬绑在一起成为同伴长大。虽然它没有见过自己的同类，但是它身上流淌着狼的血液，最终，它身上狼的本性明显突出。

11月初，冬天的第一场雪降临了。不料，这只公狼挣脱了铁链，它不顾整个夏天喂养它的主人和与它交配的母猎犬，一夜之间消失得无影无踪。它还吃掉了阿吾勒附近一户人家的一头小牛，在阿吾勒横行无忌，弄得阿吾勒畜犬不宁。

起初，萨毕提因失去可爱而威猛的"阔克诈勒"而伤心，但是随着时间的推移，这件事渐渐地被遗忘了。令人遗憾的是，这只惹是生非的狼，整个冬天在阿吾勒侵袭畜犬。经常叼走绵羊羔、山羊羔等，根本不在乎追赶着它呼喊的人们。它还不顾自己挨饿，也不顾亲手抓来的猎物成为狗和秃鹫的食物，专门咬死活畜，任性胡为，沉迷于此。

"阔克诈勒"挣脱铁链的第一天，家人怎么呼唤、怎么引诱，它都没有返回家里。米尔扎别克知道它早晚会闯祸，便想用猎枪打死它。可是萨毕提争夺父亲手中已经上了膛的猎枪，不让他开枪。现在萨毕提为自己的行为开始后悔起来。还好，自从人们设下陷阱追踪以来，聪明的"阔克诈勒"停止了以前闯入阿吾勒的行为，而是改为在牧场上下手。过了半年之后，萨毕提亲眼见到了臭名昭著的"阔克诈勒"的罪行。

由于这一年的冬天天气特别寒冷，到了春天，牲畜产下羊羔却没有乳汁，因此牧民们受了不少苦头。星期天，萨毕提利用休息时间跟着爷爷放羊去了。下午，牧归途中，羊群在茂密的矮桧处，突然惊慌地向四处跑。顷刻间，"阔克诈勒"张着嘴从隘口跳出来闯进了羊群。萨毕提和他的爷爷挥舞着手中的棍子从两边冲向"阔克诈勒"。可是，"阔克诈勒"根本没有把他们放在眼里，不论哪只羊，见了就直咬喉咙，疯狂地屠杀，一只只羊倒在血泊之中。紧急关头，萨毕提想起了放牧之前父亲放进他的口袋里的好几根鞭炮，于是他赶紧拿出那些鞭炮，点燃，不断地扔向"阔克诈勒"。"阔克诈勒"一听到响彻山谷的鞭炮声才有了点畏惧感，它一边往外逃，一边从羊群中顺口咬住了一只羊羔，把它驮在身上越过山隘，像一道闪光一样消失得无影无踪。

萨毕提将受惊的羊群收拢在一起时，发现"阔克诈勒"咬死了近十只羊，还有好几只羊受了重伤，像闪了腰的人一样摇摇晃晃地躺倒在地上。这时，萨毕提惊奇地问爷爷："它们这是怎么了？"

"是那只惹祸鬼踩了它们的脊背啦！"爷爷察看躺在草地上站不起来的羊只，神采奕奕地说，"没关系，看来，我们可以度过今年的疾病啦！羊羔们也可以茁壮成长啦！"

"为什么？"萨毕提疑惑不解地问爷爷。

爷爷解释道："没有乳汁的羊群受到了狼的袭击后会有乳汁的。而且圈里的羊不会有疾病，牲畜会繁荣。"

萨毕提为狼有这么神奇的特性而高兴不已，他追问爷爷："它为什么不只猎杀一只羊，而要杀害那么多的牲畜呢？"

这时，爷爷捋着稀疏的胡子，深深地吸了一口气说：

"哎，我的孩子，'哈斯科尔'这个词的原意就像真正的英雄、真正的美人，还有真正的杀戮者的含义。它是上天的屠宰者，是肉食动物和牲畜的天敌。如果放任它，那么它会将整个羊圈里的羊全部杀光。如果严加防守，那它最多只会吃其中的一只。它不像其他的肉食动物，不会为了自己的生存而吃千里驹，而把剩下的食物藏起来。它吃剩下的食物会成为猎犬和秃鹫的食物，它会尽情与它们分享。连被人们称之为兽中之王的狮子也只会独自占有自己捕获的动物。对此，我们也有这样的谚语'隼鹰摆开食物吃，鸺鹠藏着食物吃'。这表现了狼和隼的大度、慷慨。"爷爷完整地回答了萨毕提的提问，"如果它只为了填饱自己的肚子，它能称为'哈斯科尔'吗？还能成为臭名昭著的狼吗？不说别的，你会为它的善德感到惊讶！狼即便是死到临头，也不会向自己洞穴周边的牲畜和动物下手，所以在它洞穴周边吃草的牲畜也会无所顾忌。很久很久以前，我们的祖辈受到了敌人的侵袭，除一个婴儿外，没有留下别的活口。敌人故意将这个婴儿活生生地抛弃在野外。有灵性的母狼用自己的乳汁喂养了这个婴儿，雄鹰也为这个婴儿叼来食物，最终保住了孩子的性命。这只狼的前祖，被人们称之为'阔克博热'的生灵，它为我们的祖辈的征途指引道路，成为祖辈们战胜敌人的拥护者。或许，为了告诫人类的后代，它们将这种屠杀作为遗产留给了自己的后代吧……"

萨毕提特别喜欢关于狼的神话传说，爷爷又给他讲了一个有趣的故事。

"我们的祖辈源于阿史那部族。"爷爷从这个故事的源头说起，"曾经做邻居的图示特部族向阿史那部族发起了进攻。他们几乎要杀光阿史那部族了，最后将一个男孩子的双腿砍掉，反绑起双手，把他孤零零地留在了荒野之中。第二天，母狼模样的仙女用舌头舔好了那个男孩的伤口，还找来食物喂养他长大。后来，他与那个母狼成为配偶。阿史那部族的天敌听说那个孩子还活着，就找到了他们，并且将那个男孩折磨致死，而那只母狼逃到了一座高山上，并且在那里生下了十个儿子，并把他们平平安安地养大成人了。他们个个成为铁血男儿，血脉里流淌着狼的血液。后来他们向天敌复了仇。那十个男孩中的一个就是我们的祖先阿史那。后来，他们将金山作为自己的领地，繁衍生息，成为一个家底雄厚的家族。他们的子孙像狼一样不卑躬屈膝，同胞之间很忠诚，作战时，他们像狼一样勇敢不畏惧。个个成为了肝胆英雄。"

萨毕提听完这段故事，激动得两只眼睛放出了火一样的光芒，显出一副自豪的样子，说："原来，我们的祖辈不仅是肝胆英雄，而且他们身上还有一种神灵啊！"

爷爷将孙子搂进自己的怀里，宠爱地亲吻了他的额头说："是啊，我的宝贝，你别忘了你的体内流淌着祖辈们的那种神圣的血液！"

正如爷爷所说的那样，没过多久，那些没有乳汁的母羊开始产奶了，那一年的羊羔都安然出栏了。可惜的是，由于那一年的年底，米尔扎别克在乡亲们的一再交代下，不得已追踪了"阔克诈勒"一个月时间，最终打死了它。

第二年秋天，萨毕提准备去县城上中学的时候，奶奶用狼的舌苔做了一个护身符，并将这个护身符缝在萨毕提衣服里面的左肩上，奶奶对他说："狼的舌头是一种护身符，你带上它吧！它会保佑你免遇口毒和眼毒！"

他爷爷把狼的一块髀什装进他的口袋里说："狼髀什会保佑你免遭灾祸，保佑你前途光明，吉星高照！"

后来，萨毕提阅读了很多关于狼的历史资料：两千年前，敌人侵袭了乌孙，他们杀害了南德毕官，还把南德毕官刚出生的婴儿抛弃在荒野中，这个婴儿被青狼喂养。还有著名的乌古斯英雄，看到一束蓝色光芒从天而降，光芒中出现了一匹青马，他骑上该马，由一匹青鬃公狼引路等神话传说。萨毕提明白了一个民族的信仰的背后有很大的历史真实性，以及人们的先见之明和智慧。任何一个家族、民族、部落的遗传因子在成型中，不同的自然环境也起着很大的作用。萨毕提在自己最后的主要专业研究中得出结论后，认为爷爷说过的关于狼依据是有一定道理的。

多少年来，萨毕提一直珍藏着爷爷送给他的那块狼髀什。曾经他的朋友像索要马匹、骆驼一样想得到它，曾经他同学的赌徒哥哥想用几千块钱买下它，都被萨毕提拒绝了。因为它不是其他的东西，不但它的颜色和形状与众不同，而且它是有灵性的阔克诈勒的髀什，是自己的爷爷留下的遗物啊！并不是所有的狼都具有这种特性，更何况这是当初自己喂养的阔克诈勒的髀什。多少年来，萨毕提随身携带着这个狼髀什，从小小的阿吾勒到首都，然后来到地球另一端的国外，他一路顺畅地走过了很多难关，让很多精英望尘莫及。可惜的是，来到国外后的这五年里，他觉得把狼髀什带在身边不太合适，又担心这个东西被外国朋友发现会取笑他，便把这个有灵性的东西藏在了皮箱的一个角落里。现在，正当他犹豫不决、不知所措、精疲力竭的时候，这个护身符——狼髀什无意间出现在他的眼前，顷刻间，像春雷一样，使他的心情为之震颤，豁然开朗起来。

"哦！这么多年来，我怎么把这个髀什放在皮箱的一角，没有一次带在身边呢？这些年来，我经历过各种竞争，我的运气扶摇直上，无论我怎样飞黄腾达，每当看到玛丽娅姑娘的时候，我就会不知所措、底气不足呢？"他自责着、思考着。

萨毕提用怀疑的眼光审视着自己："难道我真的连公狼和鹧鸪都不

如了吗？我是从小到大从来不为猪肉感兴趣而又固执的人，好像从来没有吃过鹧鸪的心脏，没有了却父亲的心愿似的。要不然，我不会为了生命中得到的那一点福分而伤神。难道一个人因为生活简陋而离开自己的家，由于家庭贫穷而责备自己的父母亲吗？祖国的那些朋友们不仅扛起了历史责任，还扛起了时代的历史责任。可是我连男子汉微不足道的责任都没有做到，我连作为后代应尽的责任都没有勇气做到，还在犹豫不决。先辈们为了生存而拼搏，他们虽然没有给我们留下无尽的财产，但是用他们的鲜血为我们留下了广阔的土地和吉祥的故乡。所以，我们没有理由责怪他们没有完成历史使命，没有为后代留下无尽的财产。因为人类生存的最终目的不是获得古人为我们留下的财富，或者是为后代创造财富，而是通过繁荣自己的时代，为自己创造财富，为自己创造幸福。通过这些也能给后人分享自己的幸福。这是前辈们的成功与后代的幸福之间的联系。人的生命价值不是为了自己而创造幸福和财富，而是为祖国做出多少贡献来衡量。为了个人利益的人的人生价值无论如何也无法超越自己的体重。而为了祖国献出一份力量的人的价值是至高无上的。那么，我该为谁而付出呢？我是否付出代价来履行责任还是得到奖赏后扛起责任呢？

萨毕提想起了"阔克诈勒"挣脱铁链，逃进了深山的情景。父亲为了抓住它，设下了很多陷阱，但是它没有落入父亲的圈套。突然，他觉得有人将他背起的包袱拽了下来，很久以来笼罩在脑海里的烟雾忽然散去了，眼前豁然开朗起来。萨毕提站在窗前，一阵清凉的微风吹来，他自由地呼吸着，轻轻地闭上了眼睛。这时，他的思绪像长了翅膀似的在蔚蓝的天空中越飞越高。

他飞到那一望无际的海洋线上，飞过海洋，越过高山，这时，他的思绪中忽然闪现出玛丽娅姑娘忧愁的神情，忽隐忽现。他不由自主地一怔，叹了一口气，睁开眼睛向窗外望去。他的耳边好像回响着玛丽娅姑娘那清脆而坚定的声音："为没有价值的东西而牺牲自己，这不是一个有志气的人的选择……"他茫然若失地咧着嘴，叹了一口气，摇了摇头。

图书在版编目（CIP）数据

故乡的黑土 / 合尔巴克·努尔阿肯著；库拉西汉·木哈买提汉译. -- 北京：作家出版社，2020.6

（中国少数民族文学发展工程·民译汉专项）

ISBN 978-7-5212-0866-5

Ⅰ.①故… Ⅱ.①合… ②库… Ⅲ.①短篇小说 - 小说集 - 中国 - 当代 Ⅳ.① I247.7

中国版本图书馆 CIP 数据核字（2020）第 018955 号

故乡的黑土

作　　者：合尔巴克·努尔阿肯

译　　者：库拉西汉·木哈买提汉

责任编辑：史佳丽　李亚梓

特约编辑：陈　涛　郑　函

装帧设计：薛　怡

出版发行：作家出版社有限公司

社　　址：北京农展馆南里10号　　　邮　　编：100125

电话传真：86-10-65067186（发行中心及邮购部）

　　　　　86-10-65004079（总编室）

E-mail:zuojia@zuojia.net.cn

http://www.zuojiachubanshe.com

印　　刷：北京玺诚印务有限公司

成品尺寸：152×230

字　　数：123千

印　　张：10.25

版　　次：2020年6月第1版

印　　次：2020年6月第1次印刷

ISBN 978-7-5212-0866-5

定　　价：38.00元